袁兆昌 著

大近视
香港文化蒙太奇

DAJINSHI

XIANGGANG WENHUA MENGTAIQI

时代出版传媒股份有限公司
安徽教育出版社

图书在版编目（CIP）数据

大近视：香港文化蒙太奇 / 袁兆昌著. —合肥：安徽教育出版社，2013
（厘米书系. 第2辑）
ISBN 978-7-5336-7456-4

Ⅰ.①大… Ⅱ.①袁… Ⅲ.①随笔－作品集－中国－当代 Ⅳ.①I267.1

中国版本图书馆CIP数据核字（2013）第036097号

书名：大近视——香港文化蒙太奇		作者：袁兆昌
出版人：郑 可	策划编辑：张 利	责任编辑：张 利
责任印制：王 琳	装帧设计：陈熙颖	封面摄影：袁兆昌

出版发行：时代出版传媒股份有限公司　http://www.press-mart.com
　　　　　安徽教育出版社　http://www.ahep.com.cn
　　　　　（合肥市繁华大道西路398号，邮编：230601）
　　　　　营销部电话：(0551)63683010,63683011,63683015

排　　版：安徽创艺彩色制版有限责任公司
印　　刷：合肥创新印务有限责任公司　　电话：(0551)64456946
（如发现印装质量问题，影响阅读，请与印刷厂商联系调换）

开本：880×1230　1/32　　印张：9.5　　字数：220千字
版次：2013年3月第1版　　2013年3月第1次印刷

ISBN 978-7-5336-7456-4　　　　　　　　　定价：30.00元

版权所有，侵权必究

目 录

推介语

汤祯兆
　　"有我"的历史 /1

黎佩芬
　　有时是其他 /3

马家辉
　　不健谈者之书 /4

许迪锵
　　个人趣味 /4

关梦南
　　学以致用 /5

俞若玫
　　踏浪之旅 /6

颜纯钩
　　生蹦活跳 /6

梁科庆
　　走对了路 /8

黎雅思
　　请直接翻去后页 /9

序

叶辉 / 袁兆昌
　　记忆与时间之流 /10

也斯
　　袁兆昌是不是大近视 /24

时尚疯

不卖梦的人
　　——时装师 Adele 专访 /30

麦兜、蛮力、麦家碧
　　——画家麦家碧专访 /35

高跟鞋与女替身
　　——李伟仪专访、袁兆昌小说 /40

金曲倒数

第十至第八位

欧阳菲菲·热情的沙漠 /48

姚苏蓉·今天不回家 /50

尤雅·海鸥 /52

区区有瞄头

每当见琼楼 便知时光去
　　——与千婵同唱老歌《每当变幻时》/56

漫步者空想
　　——改造废置焚化炉 /62

天水围铁道银座站 /66

请还天水围一个名分 /70

天水围日与夜 /74

金曲倒数
第七至第五位

邓丽君·千言万语 /78

周璇·永远的微笑 /80

李香兰·夜来香 /82

午间新闻

谁才是中国语文反动分子

——潮语热潮下的伤痕社群 /86

业余长跑家

——陶金耀专访 /91

都市闲情

民间疾苦不是想象出来的

——填词人黎彼得专访 /98

强哥的胡士托

——强哥专访 /103

金曲倒数
第四位至第二位

白光·春 /110

静婷·我的心里没有他 /112

吴君丽·青青河边草 /113

特别新闻

巴士判官判了什么

——巴士阿叔拍摄者JON专访 /116

金曲倒数
本周冠军歌曲

陈娟娟·歌的歌 /124

晚间新闻

爆破少年梁科庆

——少年小说作家专访 /128

东京,西经

——何子欣专访 /132

星期七档案

老师不见了

——从教师身份的吊诡谈起 /138

有张大春,中文不闷

——穿越古典牢壁的鬼才教学示范 /142

中文一分钟

投诉补充 /150

无从判断 /152

语文自学 /154

评核校本 /156

品德情意 /158

螺旋递进 /160

能力共通 /162

教材版权 /164

写作话题 /166

表达形式 /168

以什么为本 /170

批判思维 /172

有人说
——写在教科书公司挨骂天 /174

维港巨星再会

与陈子谦对谈

快乐开卷 俗乐对谈
——评谢安琪 2005 年度首张专辑 Kay One/178

菲情歌抑或非情歌
——从谢安琪 Kay One 及 K sus2 说起 /182

双 CD 单碟价的失效世纪
——在共时语境中的双生儿现象/186

我都做得到　跳着读

先于确凿的温柔 /192

月神　艾柯　迷路书 /194

故事离真实有多远 /196

残酷一笃 /199

文化与部长 /202

下一站,香港 /203

清场前后的集体催眠 /205

时代替身的受难曲 /207

MV 挑战站

今与昔、歌与艺、马与术

芬梨道上 /212

天国的微笑 /214

如果你知我苦衷 /216

我都做得到　睡着看

这就是生活 /220

睡不成器 /223

买不成家 /225

书书平等 /227
　　选你还是选美 /228
　　蓝宝石错误 /230

MV 挑战站

日与夜、时与光、私与书
　　停电一日 /234
　　情感蒸发 /235
　　富士山下 /236

我都做得到　走着瞧

情人无尽的默许 /240
MK 错觉
　　——《旺角黑夜》的影子延伸：
　　《新宿事件》/242
以苍凉的幽默与人生的反讽堆
叠起来的积木
　　——《废柴同盟》的丑陋和笑容，
　　兼论其读者反应 /245
《虫师》的三重门 /251

娱乐无穷　节日阅读

一月·新年
　　唱片已死 书业犹生 /256
二月·悼青文
　　独步的书魔术师 /260
　　一年后话青文 /262
四月·世界阅读日
　　在一个被吃掉的日子谈读书 /263
五月·诗人节
　　屈原的橘子 /268
六月·《书城》复刊
　　给内地读者 1/6 个香港
　　——《书城》革新的来龙去脉 /270
七月·书展
　　不如选个书展小姐 /273
九月·开课
　　文学入门认字头 /276
十月·国庆
　　爱国阅读 /282
十一月·文学研讨
　　花猫文学　相濡以墨 /286
圣诞节·旅行
　　关起门来去旅行 /291
除夕·归档
　　出版备忘 /294

文化人　传媒人　出版人　学者　作家　图书馆馆长

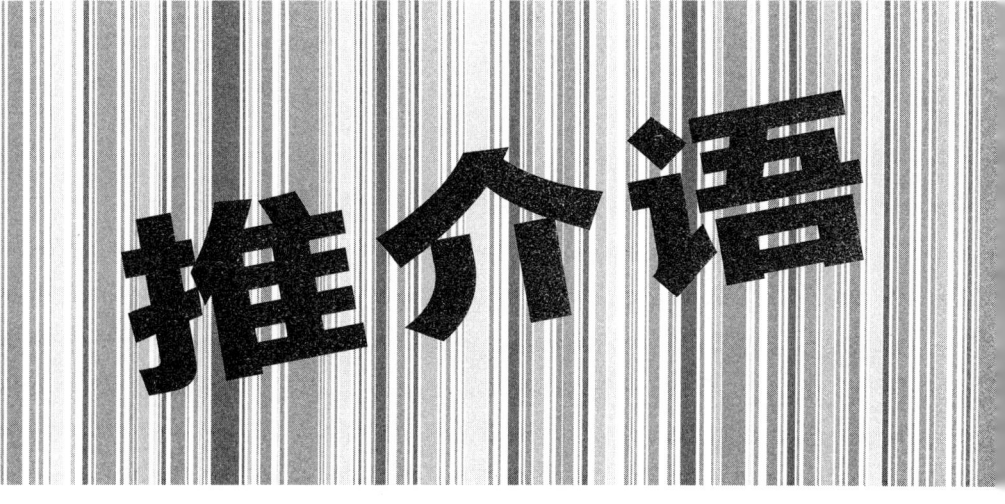

"有我"的历史

汤祯兆 /

全身文化人

袁兆昌出新书，名为《大近视》——我视之为一反讽的命名。"近视"也者，近清而远不明者也；然而袁兆昌却是彻头彻尾的历史论者，他对轨迹脉络的执著，已接近流露原教旨主义式的癖好。

何以见得？倘若仅从"金曲倒数"中窥探，你可能还以为作者是一大把年纪的老头——由欧阳菲菲、姚苏蓉、李香兰、白光到静婷等，总不能说成为年轻人的口味吧。那其实绝非只限于兴趣品位的定位玩意，而是一种对老好日子的宁静向往。此所以反过来纵观全书，即使内容好像芜杂烦琐，其实内里贯通脉络的，是作者对过去的好奇，以及对承传的坚持。你可以看到作者无论访问时装师、画家、作家又或是填词人，同一铺陈方向是先寻根究底，为读者建构出受访对象的背景轮廓，然后才展示各人不同的视野角度。鉴古知今，是作者切入眼前世界的重要钥匙。

然而作者对历史的溯源思考，亦非刻板的规行矩步。袁兆昌明白到历史的相对论，于是敢于挪移文学之笔，在人与物之间游弋，以"有我"的态度钻入缝隙。我对于书中原先的点题文章《每当见琼楼便知时光去》，以及《强哥的胡士托——强哥专访》尤有好感，原因正好是作者从个人的草根背景出发，然后透过对人（父亲）及地（粉岭）的好奇探究，再点拨虚实，从而生成趣味盎然的采访文章。你可以说一切因作者熟悉环境及对象使然，但于我而言，这正是见微知著的显影——作者大胆迈步由时光隧道入口向前走，追踪旧日的未知底蕴。

我认为读者也可尝试用相若的态度阅读全书。今时今日，抗拒主题式的汇聚编收、对非主流议题的距离式审视（对地区重建及发展，乃至语文教学的回应，均非针对论坛版走向的定见反省），都可以看到文集"以人为本"的出发点。是的，历史总是要沉淀下来才可以看得清，老去的历史如是，年轻的历史如是……

推介语

有时是其他

黎佩芬 /
《明报·星期日生活》 周报策划人

  昌曾经让我非常错愕，他亲身示范了一个文人的舞文弄墨竟然可于极速之内完成。下午通一个电话，约好时间，晚上就会出其不意地听见电话另一头一把温柔婉静的声音，说稿晚一点就传过来。他的神速应该是享誉的了，记得叶辉在《明报》坐在我隔邻的那段日子，有一次他听说是昌负责做的访问，就问我：他交稿真的很快是吧。

  神速并不代表信誓旦旦的例行公事，这大概得力于昌的通才背景，和贴服的我手写我心的文字功力。昌写小说作诗爱听音乐搞文学的推波助澜工作博览群书，住天水围上水搭火车上班，火车上看有线电视新闻，在一家教科书出版社上班，他广阔的生活体验似乎很容易就有某些地方可以对应社会新闻事件，而引发一种事事关心的态度。每次我跟他提议访问对象的时候，他都那么兴致勃勃地点头。虽然只是隔空传音，仍可容易地感受到他对发掘和体验的强大热情。

  记得那次旅发局说要在香港搞胡士托音乐会以促进旅游，我们定题探讨四十年前的胡士托精神，本来想找一个本土的嬉皮士，辗转又找到昌。昌说他爸年轻时蓄长发，边玩音乐边在工厂打工，于是我们请昌访问他爸爸，就有了《强哥的胡士托》一篇。我、昌和昌爸其实都错过了胡士托，都只有一些二手印象，昌就着对音乐作为改变世界的一种力量的认知，连夜上网补课，然后，在他爸身上见出了所谓的胡士托精神。

昌许是对文字的力量有所向往的，每一回，等到鼠标将昌传来的文本文件打开，读那种他所特有的不瘟不火的尖锐，都有预期之内的意外收获，有时是识见，有时是其他。

不健谈者之书

马家辉 /

文化人、学者、作家

袁兆昌不算健谈，但下笔为文却是嘈嘈切切，流行与传统，高雅与通俗，所有话题皆入其中。他写出了这个城市的热闹和惶恐。我爱读，我推荐。

个人趣味

许迪锵 /

畅销作家、资深编辑

袁兆昌先则卖书（他在书店当过一阵店员），继则（做）教书（的助理），同时也讲书（教写作班），还有写书、编书、出书，以及 sell 书。他写诗、写小说、写专访、写书评、写杂感、写 blog、写教科书。他学习，他思考，他感受。这一切，最后汇集成这部书粗看近乎芜杂的内容，或其中贯彻的不断探索的精神，机灵地以一个谐拟电视节目表的编排形式呈现。说精彩纷呈，极视听之娱，可以；说纷纭错纵，走后现代之偏锋，也可以。说老幼咸宜，各取所需，相信不会有人反对（除了那个"老"字）；说严肃与轻巧并陈，既亲密也疏离，也许更为适切。我会说那

推介语

学以致用

关梦南 /
资深编辑、作家

是介乎小说与诗的文字,访问的叙事部分有小说的委婉,议论间时或闪现一点感触与抒情。这是一部个人的生活记录,但因作者出入社会的堂奥而富有宏阔的景观和细致的趣味。

文学之为用,不在于矫情、不在于堆砌华美之词、不在于工笔雕琢,而在于观察与捕捉转瞬即逝的人生微末细节,以及在呈现事物本质之时,简约地流露个人的体味。

阿昌此书包容各种题材,粗看无文学之名,细读方知有以上文学之实。书中各篇,无论描写人物、状貌处境、穿插细节、表达想法,无不言之有据,肌理丰富,更难得的是贴着社会的呼吸去写。议论内容或有部分讲法粗疏、生涩,但瑕不掩瑜。

至于访问部分,个人认为可以作为教学范本。谨此向师生推荐。

踏浪之旅

俞若玫 /
文化工作者

阅读竟成为一次踏浪之旅，袁兆昌以跳跃的文笔，巧心的拼合，不经意地拉开文类的框架，让我们左边脚踏香港流行音乐，右边已经按在"区区有瞄头"内藏的地方情感穴位上，而"中文一分钟"有关语言教学的辩解，早在不远处涌现，还有随风而来催人多读书的"读多一点点"等。随他逍遥冲浪，越看越爽，更爱大海：香港。

生蹦活跳

颜纯钩 /
天地图书总编辑、作家

和袁兆昌并不太熟，多年前在香港书展内，他在为艺发局看一个文学书的小摊位，站着寒暄两句，只觉得他神情有点"萧索"。后来有一次，与同事 Emily 约他饮茶，想看看他会不会有兴趣写一点校园小说，结果当然没有下文。断断续续读了他一些短文章，有时是别致的小短篇。他的东西有点俏皮，思想的光斑驳，常有一些出人意表的念头，看上去似乎零碎，但经过读者自行组合后，又似乎有一些模糊的轮廓，有时让我有点困惑，有时又觉得这种困惑是正常的。

他们这一代感受事物，或者是散点透视的方式，不在乎每次都头头是道讲一番大道理，而在乎观察和感悟时，那些即兴的、稍

推介语

纵即逝的、未必有逻辑联系而又可以随意呼应的细节，他们没有那么多禁忌，却有用不完的灵感；他们没有包袱，只有追求满足的欲望。

这年头舞文弄墨，正如他说的，大概都有点自恋，或者是对自己的文字孤芳自赏，或者是对自己的遗世独立有点自怜，或者是对自己悲观的坚持耽于自爱。袁兆昌对键盘宣泄苦闷，与知己朋友互相交换欣赏，互相输送勇气，一伙人日夜兼程办一个纯文学杂志，这是他们安身立命的方式，在这样的时代，实在非常难得。

写作变成是一种自我精神治疗的工具，读者多不多，甚至有没有读者，已经不重要，重要的是用文字整理自己的思想，提炼人生体验，小心呵护内心篝火一样的美感能力，不让生命中活泼的东西死去，所以读袁兆昌的文章，就觉得他生蹦活跳，不受拘管，他活得兴致勃勃，很有奔头的样子。

你或许不同意他的看法，但一定会欣赏他的才气；你或许不喜欢他的表达，但一定会赞成他的用心；你或许未必有读这些文章的兴趣，那也没关系，袁兆昌还是袁兆昌，他还是会用自己的姿势往前走。世界那么大，个人那么小，谁没有谁会活不下去？而一个人有本事以自己的文字来记录生命色彩，一辈子做自己喜欢做的事，那是他的幸运，与他人无关。

走对了路

梁科庆 /
少年小说作家、图书馆馆长

早于《超凡学生》问世之先，我已注意袁兆昌。

有一次，与出版社编辑闲聊，编辑提及一个充满热诚的文艺青年，拿着一份创意小说的稿件，敲出版社的大门。文学需要接班人，这种敲出版社门的年轻作者，在今天文坛，实乃"稀有动物"。看过稿件后，出版社上下一致看好。当然，不用我多说，这个人、这本书就是袁兆昌和他的《超凡学生》。

结果，《超凡学生》不负众望，一炮而红。之后，袁兆昌的曝光率越来越高，在互联网、文学杂志、报章副刊，经常读到他的作品，也看到他一日比一日进步。不过，他最显著的进步，莫过于入读岭南大学中文系后，名师出高徒，他的文字比以前扎实，文字背后亦见深度。后来，他参与编制的《字花》，又叫人眼前一亮。同样是一篇篇新诗、小说、散文、评论，《字花》一反文学杂志的传统，以轻松活泼的手法包装，成功打入中学生市场。文学需要接班人，不仅是作者，还有读者。我相信文学，也相信市场，唯有读者广泛支持，文学才会兴旺。而且，年轻读者有朝一日会变成年轻作者，年轻作者有朝一日会晋身成熟作者，《字花》所走的路向是正确的，袁兆昌亦走对了路向，《大近视》标志着袁兆昌由青嫩的"超凡学生"，过渡为日趋成熟的文化人。我不知道袁兆昌的创作道路会走多远、多久。或许他本人也不知道，但他走的每一步，都是精彩的。

请直接翻去后页

黎雅思 /

天地图书策划编辑

小女子在出版界日子虽浅,却有幸认识了不少好作者。其中一些,或出自真心,或出于礼貌,有时会请我为他们的大作写序或推介语。但我总是一味推,结果一篇也没有写过。

不写的最大原因,是我一向觉得推介语是可有可无的东西。一本书,好看就是好看,不好看就是不好看,与那篇推介语没有多大关系。加上本人又不是什么名人,就算写到再龙飞凤舞,再加十二分强烈推荐,于那本书而言,也不会有什么名人效应之类的宣传增值效果。每念及此,更加无意欲写。

至于今次为袁大兄写推介语,当然事出有因,不过小女子对于"推介语"这回事的态度还是一样的,所以不打算在此废话连篇。勉强要说的话,就是,袁大兄这本书的书名,和其人的心思,是完全相反的两回事。世间的人和事,从来都是见微知著,自小见大。没有澄明心思的人,难以近视世态。

讲完。很遗憾本人觉得这篇推介语,对一本好书来说,仍然是可有可无的,如果阁下看到这里,也有相同感觉的话,我只能说:一早叫你直接翻去后页的了。

记忆与时间之流

大近视——香港文化蒙太奇

叶辉 / 袁兆昌

大 Y：
Y 的联想，《人论》的启蒙

小 Y，如果没记错，你生于 1978 年吧，31 岁了；你称我为大 Y，我便想：大 Y 在 31 岁那一年读些什么书？唔，想起了，那是一本非常重要的书：卡西尔（Ernst Cassirer）的《人论》（An Essay on Man）。

Y 只是一个符号，或代号，从上而下，它仿佛是两条支流在某一点交汇，然后一起大江东去；从下而上，许是一个主流在某一点开叉，然后分道扬镳，从此各走各路。没事，小 Y，我只是想说：任何命名都不是偶然的，总涉及符号、语言和意义。今天读你的书稿，便想到自己要到 37 岁才安静下来整理第一本书，对了，是《瓮中树》，在此之前不是没有机会出书，只是由于忙于应对一本叫做人生的大书，很多事情都在有意无意之间错过了。两个名叫 Y 的人大概是在东岸书店认识的，很多年后在新界喇沙中学、在岭大的课堂上、在诗研会的每月讲座上、在文化工房、在中央图书馆演讲厅……在一个又一个的三岔口转换各自的身份，在记忆与时间之流里停驻片刻，然后各自在匆匆浮生里成长，或老去，犹如卡

序

西尔所言：

……人一定很早就已意识到了这个事实，他的全部生活都是依赖于某些普遍的宇宙状况的。日月星辰的升落，四季的周而复始……

空间和时间从未被看做纯粹的空洞的形式，而是被看做统治万物的巨大神秘力量。它们不仅控制和规定了诸神的生活。

他在巴比伦天文学中，发现了宇宙秩序的概念得以形成的总体化体系，而且发现了一个超越人类的实际生活领域的思想——人类所有神话、宗教和科学概念，都是来自这个源泉。

把语言视做神话的近亲，阐释两者在文化发展意义上的血缘关系，是《人论》力图贯串全书的一个重要观点；卡西尔承先启后，既采取实证的策略和精密的分析来承接前人的论据，又在符号形式的哲学这个课题上，对上世纪30年代以降的符号学提出了非常宝贵而精辟的启迪。

小丫，在我31岁那一年，卡西尔给我上了启蒙的一课。他告诉我：巴比伦人首先创造代数演算符号在地面上进行人与人的沟通，数学思想最初的秩序确立了，但仍不足以解释仰观天象时所看见的、有着神奇力量的世界，他们感到自己的世界被无数可见或不可见的细带与宇宙的普遍秩序紧密地联系着，他们思索着这种神秘的联系，找不到任何人类现象来加以解释，于是就创造了占星术，对宇宙作出神话的解释。卡西尔为古代神话勾勒出双重面目：一面展示一个概念的结构，另一面则展示一个感性的结构，这种符号思维尽管是不真实的，却为近代符号系统铺平了道路。

小丫，《人论》揭示了书写与阅读不是秘密的秘密。从卡西尔的文化人类学观点看来，语言的主要任务是信息交流，需要稳定的保守力量和严格的规则去抵挡时间的消解性和破坏性，然而，信息量的增加和信息质素的更新，又需要打破语言的牢房，使语言得到切合时代精神的需要：在语言的稳定性和超稳定性之间，存在一种张力，一端坚持不变的形式，另一端则力图打破僵局化的格式，在保存旧形式和新形式的斗争中，复制力和创造力所产生的传统思想和改革思想互相碰撞，进行一场又一场的拉锯战，有时是这一因素占优，有时是那一个因素占优，不可能是一面倒的。这番话，仿佛是为你这本书度身订造的。

小Y，《大近视》原名《每当见琼楼　便知时光去》，如你所说"看似灰蒙暗哑，实则赌气地光明——原句'每当见夕阳'，夕阳以后是黑夜，琼楼（包括重修的文物）至少算是物质上的光明，意志颓萎至少（表面上）好好看看……以'电视节目表'概念

编排，内容有衣艺、身体、老歌、小区、语文、文学等讨论，专访有画家、填词人、时装人、新闻工作者、业余运动家、性专栏作者等夹在其中，并附新歌眉批小文娱己"，在我看来，书中的驳杂是一股野性的张力：对了，它试图打破语言的牢房，在语言的稳定性和超稳定性之间，存在一种复制力和创造力，需要稳定的保守力量和严格的规则去抵挡时间的消解性和破坏性。

小Y：
寄生于大众传媒的断想文本

这小书自不定期专栏和约稿辑成，跟大Y对谈，自然得从"瓮"谈起。读《瓮中树》（田园书屋出版，下称《瓮》）是2001年的事，当年庆幸在东岸书店任兼职店员，第二代店长徐焯贤叮嘱如有人卖书，要严选后才许卖："例如这一本……"他向我递来

如口袋尺寸的《瓮》,"我们会卖这种"。当年徐店长为东岸革新货源,亦为小店坚持一些书种,文学书当然是最受保护的。

《瓮》纸张发黄让文字更好读、好看,更像树。也斯在你的书序所提:"成长确实是像树一样舒伸,向外拓展自己的空间。"看穿了作者不断外延的求知向度,亦同时布满忆旧的脉络:"一九七八年夏天,我离港前一天,我们在这里喝咖啡。这儿那时还是一家茶餐厅⋯⋯"那些湾仔小店一如年复一年的风雨和时局冲刷更新,而《瓮》一度在书店中断流传,时至2003年选辑再版,门牌换上徐店长字号,智海画封面,诗与散文从满布杂点的纸张,乔迁漂白书张继续闪光。

在东岸书店工作的状况往往如此:发薪日即是买书天,左手才接过薪金,右手便向收款机递去。店员茂林、唐睿、可洛、智海,读者小桦等都乐意为我充作文学导读者,他们指一指书架,我又多一个世界。当初,我因《瓮》而驳读下去:也斯《香港文化空间与文学》(青文,罗志华亲身带到东岸)——罗贵祥《大众文化与香港》(青文,我因他而找到书店并寻获此书)——洛枫《错失》——《十人诗选》(青文)——也斯《三鱼集》(田园)——昆南《地的门》(青文)——蔡炎培《中国时间》⋯⋯绕了一圈,还是回到叶辉《浮城后记》和《书写浮城》(青文,罗志华最常到东岸补货的两种)。

知道大Y是报社社长后,我每天上班,总买东方和另一份报纸,好奇文学世界以外的叶辉,到底会编选哪些新闻,跟别的报社有何不同。这习惯我维持了不短的时间,直至关老师与大Y共事,我对报馆运作又多一种理解;稍后结识的昆南、蔡炎培、许迪锵等作家,原来都曾在报馆工作,曾办文学杂志。关于作家另一身份于这些年代的影响,我充满好奇;作家怎样在日夜颠倒的生活环境中,寻找文学出口或入口,令我更确定一回事:若有机会职报馆工作或写专栏,我也想靠近他们的层次。

大Y,这个Y字不论是支流外延还是三体合一,它也显示流动过或正在凝止的痕迹。记得克里斯蒂安·麦茨(Christian Matz)《想象的能指——精神分析与电影》(Imaginary Signifier:Psychoanalysis And The Cinema)曾提到"语言系统中的缩凝",指词典中的词在字面的、假设为基础字义的、与修辞无关的意义,都因过去的隐喻而生,是"一种词的误用"。

我们都明白,编得再好的词典也只是这么一回事:略远而详近的武断陈述,将语言视为当代工具的重新说明。它几乎忘了什么是象形字,什么是拉丁字根;它只陈述数则字义用途,而非发现语言历史。于是,这个Y于我们而言,就成了一种磨炼生活、先为人而后为文的"创作"刻痕,它是我们于此书今生的武断总结。它与词典的最大差异,是我们极速缩写(我记得你在岭南课上的笔记)的成果,应当包括词典所没有的新鲜隐喻——大Y以《人论》为大小Y人生隐喻、书的缩写,是另一种"想象的能指"。

大Y:
人不能两次踏进同一条河流

卡西尔的《人论》引用了康德(Immanuel Kant)的论说:"空间是我们的'外经验'形式,而时间则是我们的'内经验'形式。"他认为这两个问题仍然有一个共同的背景,即使时间与空间有别,时间在最初也不是被看做人类生活的一个特殊形式,而是被看做有机生命的一个普遍条件。有机生命只能在时间之流中逐渐形成,才有存在的意义。时间并不是一个物质,而是一个过程。卡西尔告诉我们:"记忆和时间不是孤立的,而是一个永不停歇的持续的事件之流。"

小Y,书写的秘密总是跟时间的思辨在暗角偷欢,此所以卡西尔为时间勾划出一个富于启发性的讨论范围:时间的三种样态——过去、现在和未来,三者形成了一个不能被分割成若干个别要素的整体,而记忆应当被理解为一切有机生命的一般功能。在人类而言,记忆不单是事物的简单再现,或以往印象的微弱影像或摹本。卡西尔进一步分析:与其说记忆只是往事的再现,不如说是往事的新生——因为回忆包含了一个创造性和构造性的过程,我们不仅仅从中收集以往经验的零碎材料,而且必须组合它们,加以组织和综合,汇聚到思想的一个焦点(犹如Y的三岔口的中心交汇点)之上——只有这种类型的回忆,才可以给我们构建一个表现人类特性的记忆形态。

根据柏格森(Henri Bergson)在《物质与记忆》(Matter and Memory)中的观点,记忆乃是更深刻、更复杂的一种现象,它意味着"内在化"和"强化",意味着我们以往生活的一切因素的互相渗透。通过记忆,人类接通了过去与现在的关系,但卡西尔认为那是不足够的。小Y,因为我在31岁那一年有幸透过《人论》聆听大师的教诲,至今不忘——在人类生活里有这样的一个生物学和心理学的基本法则:意识所抓住的与其说是对过去的关联,不如说是对未来的关联。春耕结合着过去的经验,期待的是未来的秋收,未来不仅是一个影像,而且成了理想,甚或是人类生活的"绝对命令的图式"。

是的,一切书写都只是一个这么老套的图式:春耕,秋收。是的,是一个永不停歇的持续的事件之流。是的,小Y,是Y的三岔口的中心交汇点,时而汇成大江东去,时而各走自路,分流到不知终于何处的海角天涯。小Y,古人朴素地把时间看成逝水。《论语·子罕》篇载:"子在川上曰,逝者如斯夫。不舍昼夜。""逝者"的"逝"字,据汉儒注解,含有"往"(以往、既往、往事、前往)的意思,"舍"即"止"、"息",汉代至魏晋南北朝时期,这一句"孔子语录"被理解为以"川流不息"来象征时光流逝。

古希腊有一位悲观思想家,名叫赫拉克利特(Heraclitus),他的思想核心就是"一切皆流,无物常住",他宣称"人不能两次踏进同一条河流",因为河水不断流逝,一个人第二次踏进同一条河流时,过去的水已经流走了,足下流逝的是全新的水。这说法好像很悲观,但包含了达观的智慧,跟孔子所说的"逝者如斯夫"有暗通之处。

赫拉克利特有一个出色的弟子,名叫克拉底鲁(Cratylus),是古希腊最早的诡辩派思想家,他将老师的观点推向极端,说"人不仅不能两次踏进同一条河流",而且"连一次也不能",因为逝水永不止息,这一瞬间的流水已不再是前一瞬间的流水了。

小Y,此刻跟你谈到"逝水",就是要为时间命名。我在31岁那一年便决定铭记大师在我的人生第一课所说的一席话:儿童自从懂得"凡事物都有一个名称",运用符号为事物命名,就开始了决定性的发展,产生了智力,不断进化,于是便会用全新的眼光看待世界了;"在这里已经历了一个重要的、十分有趣的意义上的变化:两个名称不再是与某一特殊的具体场景联在一起的特殊音调,而是成了抽象名词。因为被这个儿童想象出来的新名字不是指称一个新的个人,而是指称新关系中的同一个人。"符号功能的另一个意义在劳拉的故事中突显了:关系的思想总是依赖于符号的思想。

小Y,我的大师卡西尔在讨论"人类的空间与时间世界"时指出:"几何学的点和线既不是物理的物体也不是心理的物体,它们只不过是各种抽象关系的符号而已。"人类借着符号通向秩序化的世界。他指出:"符号的功能并不局限于特殊状况,而是一个普遍适用的原理,这个原理包含了人类思想的全部领域。"

康德在《判断力批判》(Critique of Judgment)中所说的"概念无直观则空,直观无概念则盲",正好构成了卡西尔的文化符号论述的基础,因为康德这句话高度概括了人类思维的本质,亦即对一切人类学哲学都具有决定性意义的一个问题——人类的一切理性的价值,正是一种非符号化不可的理性,数学和几何学的思维之所以重要,皆因这套思维方式以符号化的理性区分了现实性和可能性,亦即事实与理想。

小Y,兜了一个大圈,并不仅仅是要说明《人论》于我有多重要,而是想说,我之所以提议《大近视》这本内容驳杂不纯的书采用"音乐过场"的编法,就是要为时间命名,同时要为概念与直观铺桥搭路,不空,不盲,既要在事实里遇见理想,也要在理想里反思事实。

小Y:
两个问号的重像

大Y,过场曲的方式拯救了这本书。

人生,也不外乎像我们如此这般的交换词的隐喻吧。倒别忘了,Y也是个问号:你是大的为什么(why),我是小的。于是,大大小小的称呼自成了我们阶段式探问:你在37岁结集的人生与书所问过的为什么,遇上22岁仍未写好人生首章的"少年"。"少年"所问的，几乎可在"瓮"中寻得答案；"少年"未问的，则在"瓮"中预示人生。这奇妙的读者经历，重叠的 Y，在一问一答间自成你我另一种的人生对话，它与它因书而相遇交流，互换隐喻。这就是 Y 于我们的过去、现在与未来式吧。

取名为《大近视》，亦如我们的阅历与识见的距离：小问号总能在大问号的知识体系中，朦胧地认识这种抗衡流水之于文字的"消解性"和"破坏性"的能量。在日间磨炼人生、夜间磨炼笔杆的相近轨迹中，我发现"瓮"所藏的植物（树作为知识与人生的喻体），就在充满理性与非理性的年代衍生而成。诚然，我仍未认识那年代，或更远的年代，我期待那年代的各种现象与知识的积累，可沿我今世的轨迹寻找它于我的价值：愈看不清的人或事，愈觉得美丽动人，愈不好意思承认自己看不清楚、认知不足；由它主观地存在于我们的记忆，它就一直虚假地美丽下去。

"事实与理想"一如你所说，都由理性被符号化后所区分的两个东西。在 30 与 31 岁之间结集自己的"速写"，与大 Y 之"瓮"的差异并非 37 减 31 的年差，而是瓮这容器的隐喻（私密与实用）及树木（知识）生长的自觉，正如"近视"（myopia）的英语本义（眯眼）吧。我们有天发现自己有了视力缺陷，看不清事物，自然使动眼睛附近的皮肤，藉减小"像差"而看清事物。在不得不配戴眼镜之前，总需听从视光师的指示，鼻梁暂时架上配有不同镜片的面具，经它看 E 或倒 E。

没错，这两款 E 字，正如辨清"事实与理想"之前必须高声跟视光师交代，视力缺陷被符号化后的度数。我想到 11 岁时不得不配戴眼镜的理由：我右眼近视度数，比左眼的深近一倍。当年视光师这么告诉我，若不配戴眼镜，会患上"惰视症"，意即大脑会自动选择较健康的眼睛,让它令我看清每个事物;至于不健康的会渐渐懒惰,严重者,不健康的眼球甚至因此瞎掉。眼镜,令我常用双眼,不致废弃任何一边:既要看见E,也要看见倒E。

大Y,我发现你最近这么看书:摘下眼镜,用拇指把它按在额旁。这动作既然非因老花,大约就因为希望解除镜片所隔的光线,与文本更亲密地接触吧。这动态就像铁匠检查铁片连接得摘下头罩一般,甚至伸手抚着,察看连接准绳否。换言之,亲近,是为了确认:确认所见的,与自己未知或所知的,有更亲密而准确的接合点。齐泽克(SlavojZizek)在《斜视:希区柯克式的污斑》一文分析希区柯克电影,提到拉康所提的"缝合点"(point decapton):我们看到电影镜头收纳的风景一片宁静祥和,突然出现个与前述不协调的事物,就提示角色或观众,将有事情发生,甚至该事物根

本"满载着恐怖与威胁"。

大Y:
我是一只眼睛

《大近视》这个书名也许隐喻了某种逆向的观看态度。前苏联纪录片大师维托夫(DzigaVertov)相信,摄影机能呈现比肉眼所见更复杂的世界,他甚至宣称"我是一只眼睛,一只机械眼睛。我——这部机器——用我观察世界的特有方式,把世界显示给你看",这是一只"电影眼"(kino-glaz),"在最复杂的组合中记录一个接一个的(影像)运动"。

维托夫所提倡的创作理念,俄文称为 kino-pravda,英译为 filmtruth,即"电影真实",它的前提是这样的:纪录片创作人就是用菲林写诗的诗人。维托夫认为肉眼只会不断退化,但科技不断进步,摄影机必能持续提高机

械眼的视界极限,带来前所未有的视觉经验。"电影眼"的创作就是观世方法的全盘解放:"我从时空的束缚中解放出来,我协调宇宙中个别或全部观点……我创造了认识世界的新观念。这样,我就用新的方式,解释你所不了解的世界。"

维托夫可不知道,这神圣化的摄影之眼在 70 多年后竟演变成人手一部的手机的附属物,以及监察着所有人一举一动的隐形摄录机,成为城市的"偷窥之眼",并且改写了整个"观看"的生态。美国学者杰伊(Martin Jay)有一篇文章,题为《摄影机作为死亡象征》(The Camera as Memento Mori),讨论的正是摄影加速了世界的消逝感;他认为 20 世纪法国思潮常常隐藏了一双接一双 downcast eyes,对"灵视"(vision)每多贬损;downcast eyes 既是下垂的眼,也指悲伤的眼神,这大约就是张国荣在《风继续吹》所演

绎的一句歌词——那一句如泣如诉的"为何仍断续流默默垂"。

每一张照片的本质都是时间的消亡,每一声"咔嚓"都记录了一个消逝的瞬间,每一回观看都不免是一次对消逝的追忆。小Y,这倒让我想起一种"死亡纪录"的游戏:假设有人在床前放了一部摄影机,每天起床便自拍一张照片,拍了十年,3650 张照片所展现的,将会是怎么样的光影浮生?

要是分开来看,每张照片的差异不会太大吧,也恐怕是肉眼看不出来的细微差异而已;但如果每隔一段时日——比如说,三个月、六个月——抽出一个照片样本,在每年四张(如同四季)、十年共 40 张,或每半年一张,十年共 20 张,那差异大概要明显得多了,岁月痕迹大概要深刻得多了。

还有一种恐怖的看法,3650张照片要是像电影那样连续播放,每秒八格、十格、十六格、二十

格……以不同的速度播。本质上是断裂的,但技术上可达致某种连续性的光影浮生,十年戏梦在八分钟、六分钟、四分半钟或三分钟内播完,观看的时候,大概会讶于一个人何以苍老得那么匆匆。

小Y,这样的光影浮生大概就是电影(或纪录片)原埋吧,浓缩的戏梦,一转念已是百年身,真有点"虽在堪惊"了,一个人的发须何以"朝如青丝暮成雪"?容颜何以会急剧衰萎?光学反照的人生包孕了什么奥秘?

这大概就是约翰·伯格(John Berger)的光影论说:若以"即刻"(instant)比喻照片,以演出(acting)比喻照片所记录事物的时空脉络,连续的"即刻"便是一种光学的再创造——每张照片都长存于"实时",从而重构早已消逝的历史记忆。那么,小Y,这何尝不是书写的原理?这何尝不是我的《瓮中树》《浮城后记》《烟迷你的眼》《亲密闪光》,乃至你的《超凡学生》《弓在马桶上的忆述者》《抛弃熊》和《大近视》的书写原理?

这样的书写原理涉及"即刻"与记忆之流的辩证关系,也涉及观看的远远近近的距离,涉及近视与远视的思维方式。小Y,我想起了维利里奥(Paul Virilio)一个发人深省的"观点"。他认为"眼睛就是武器":"从最初的瞭望塔,到定了位的热气球、侦察机再到遥感卫星,不断地重复着同样的功能,即眼睛的功能等于武器的功能。"基于这"观点","时间政治学"(chronopolitics)取代了"地缘政治学"(geopolitics),数码网络的视像所带来的全球化经济战略"观点",取代了从前三度空间的概念。

这是"欲穷千里目,更上一层楼"的后殖民版本,追求的是无止境的"遥远",或"偏离"。维利里奥认为现代人活在一个没有未来,也没有过去的"直观的即物社会",后现代大都会是一个"既没有空间扩展,也没有时间延续……即全世界都远程在场的社会",城市人都不自觉迷失于"观点"的悖论:"宁要虚拟的存在,即远者;而不要真实的存在,即近者。"

舍近图远的"观点",可以用déception这个法文术语来解释,它指的是诱骗导弹偏离路线,即诱敌之计,使之失误。维利里奥借用这个军事术语,展示了一套"策略性骗术":通过饵诱(decoy)、分心(distraction)和反情报(disinformation)等伎俩,首先欺骗他人的观点,继而欺骗他人的思维。

小Y,这些观看原理改变了我们看世界的方法,摄影令世界相对透明,它是我们的"第三只眼睛",为世人提供了对世界"另眼相看"的机遇——从一个topshot可以看到局部世界的全景,从一个close-up可以看到人物或动物的内心世界的变化。可是摄影有时比任何事物都要虚假,因为它具有先天的欺瞒性质,无论是角度多大的广角镜,拍摄出来的都只是局部的世界,局部的真伪、美丑和善恶,过滤了、删除了一些不欲被看见的真相,仿佛名正言顺地将世界(及人类的视角)任意阉割,似乎任谁都没法逃避此一观看的悖论。

但书写作为时间或记忆之流,却时刻都在提醒书写者:总有另一套思维方式以符号化的理性区分了现实性和可能性,既要在事实里遇见理想,也要在理想里反思事实——当世界迫近眉睫,我们需要较远距离的私密与疏离以避免见树不见林;当世界变化"虚拟的存在",即无限后延的远观,我们也许就需要"真实的存在",哪怕是某种"大近视",总是不忘日常生活的微末细节,以免见林不见树。

小Y，一本叫做《大近视》的书诞生了，也许观看的距离正好暗喻了书写的辩证法：既要在每一声"咔嚓"里记录每一个"即刻"，也要在时间或记忆之流里静观连续剧一样的"朝如青丝暮如雪"。我的大师卡西尔反复推论人类的知识就是符号化的知识，他指出所谓"符号"，只是人类思维的一种方法，并不是物理世界的一部分，也不存在于现实，从而提出"在符号思维的功能受到障碍的特殊情况下"，现实性与可能性之间的区别，便会变得不确定，难以察觉，那就需要创造新的空间形式——"知觉空间"，包含了视觉、听觉、嗅觉以及触感的成分。

但我们必须明白"知觉空间"其实一点也不高级，小Y，只想告诉你，那只是一种回归而不是一种进化：原始部落具有特强的"空间知觉"，对四周各种物体的位置变化都极其敏感，他们在划独木舟的时候，能够精确地沿着河流的转角处拐弯。爱斯基摩人更可以在零度视线的浓雾里沿着险恶的海岸急速航行，感觉着风向、听着和嗅着海浪声、环境的气味以及鸟叫，以辨别方向，同时依靠着臀部，感应船底的海浪大小和暗流的方向，这种"知觉空间"是文明人惯常办不到的，只有在书写的长期练习过程中，书写的人才可以逐渐恢复这种失传的本能。

小Y，那么就不妨一起想象一下，或是由于巧合，或是出于幻觉，Y这个符号，或代号，在我看来，愈来愈像一个倒悬的"人"字。

袁兆昌是不是大近视

也斯

我不知阿昌是不是大近视,我想他或许是,或许不是。

阿昌有些文字,像"时尚疯"和"区区有瞄头"那一些,在《星期日生活》里看过了,结集放在一起,特别看到他的用心、他的细心。这些文章里的他,大概也真像漫画里的大近视,把头凑近了要谈的对象,务要把对方看个通透。

但他的写法里,又有些跳跃的东西,视点移前移后,足以把写的东西放在一个较大的视野里,与远一点大一点的东西作出比较。《每当见琼楼　便知时光去》出入于上水大埔今昔之间,《高跟鞋与女替身》假装以整容式小说衬托整容问题、访问老豆强哥谈胡士托表面风马牛不相及,其实正是写出政府"维港巨星汇"式输入外购文化与本土流行文化的分别。

我年轻时读沈从文的《湘行散记》,后来读萧乾的《人生采访》,对以文学采访、记述风土人情,心存敬慕。台湾高信疆时期的《中国时报》,推动了不少乡土关怀的采访。内地从徐迟、刘宾雁至今,报告文学发展方兴未艾。相对之下,许多人会说香港在这方面发展较弱。但如果我们不限于二元对立的模式,细看香港也自有它的特色,早年有曹聚仁的采访,《南北极》王敬羲、乐文送的专题特写,《中国学生周报》《文林》《大拇指》《号外》的人物专访、文艺报道。近年刊物专题报导篇幅减少,但电视新闻专题、报纸新闻记者采访亦有佳作!香港文化的独特环境,当然既有严肃,也包容了各种嬉笑笔法。

阿昌的文字或可概括地说来自这么一个传统。既像《大拇指》的文艺青年踏入社会,又有几分《号外》对流行文化的亲密嬉戏。在《星期日杂志》写稿亦是遇到好刊物有心编辑可以发挥。但阿昌有自身发展出来的一种性格,谦虚自称小记,假扮无知少男、路人某甲、冷面笑匠,鬼马自嘲,却又冷不防冒出一闪智慧灵光。这智慧是民间市井的智慧,难得的是不偏激、不跟风势利、不高呼口号,完全是一副年轻作家踏入社会虚心做个记者学习写作的模样,接到访问时装设计师、整容问题、长跑专家、流行音乐填词人,都好脾气高高兴兴地去做。写的过程是学习认识的过程,如果可以的话,也顺便锄强扶弱、娱己娱人。如果认识不深,锄强扶弱也容易沙尘滚滚,杀错良民。读书中文章,我发觉作者对香港中文语文教育、对流行音乐、对小区、对文学,确有很深感情,所以才可以在好似轻松的文笔下,写出不是浸淫其中的人写不出的意见:如说教师被文书工作消耗尽、如说语文教育政策文件种种问题。插入金曲倒数:从白光磁性嗓子吐放的春天写到谢安琪《菲情歌》的非浪漫倾向。来到"区区有瞄头":天水围铁道银座、蓝巴勒海岸焚化炉,写来声色味俱全,背后见到关怀的眼光。详细的景物描绘,确是近视的好处。

有远大视野固然好,但远视的政客登高远看,却忽略了现实,容易看不到细节中的魔鬼。保皇党与凡事反对派大声疾呼之余,往往令人觉得他们需要矫正视力，把周围的人看清楚。文学是回到人间细节、生活琐细，回到生活和做人的根本。逐渐变得只讲政治正确只追随"公众"话题的杂志也会变得虚浮的。阿昌的近视让他看见麦家碧绘画的指头，嗅到荃湾屠房的气味听见它的叫声。阿昌以电视节目表的形式去排列他的篇章，却不完全认同电视台的单一口味收视率准则。不避金曲，但也不矫情排斥学术演讲。貌似市井幽默感是重要的，帮助他在种种极端态度中找到平衡。在写作和出版的路上，他正是如此累积经验、增长智慧，寻找应付建制与刁民的手段，以自己的方法走出自己的道路来。

大近视——香港文化蒙太奇

不卖梦的人
——时装师 Adele 专访

一个穿湛蓝衣服、一身健康肤色的年轻女子携着纸袋走进柴湾工厂大厦一部电梯。我跟她有一步距离,瞥见袋里有一顶深咖啡色、帽檐系有小皮绳的牛仔帽。我在对号的铁门前,却重遇刚才的女子,见她刚才手上的纸袋不见了。她走到铁门前回头看我:"就是你吗?"我呆住:"我想我是。"话没说完,她便推门邀我走进工作室;还以为是个速递员,原来……她就是 Adele。

主编海伦也进门了,她今天穿的是淡紫色连身长裙,披上薄薄的黑色外套。我们努力环顾这么一个工作室,Adele 则只管引路。上了只有一米高的阁楼,三个人猫腰猫步,在尽头一张办公桌前坐下来。这才看清楚 Adele 颈项挂了三条项链,长短有致,层次分明。

"我是个用衫去创作的人。"这并非指时装平面设计,而是由创作者挑选合心意的现成物,加以改装、添加和搭配;styling 就是一门立体拼贴艺术。早在学生时代,Adele 就清楚"我想要我要的":"我经常去感觉衣服。遇上一件合意的,它简直会跟我说话!"心跳加速,并非因为牌子,而是颜色。一谈到颜色,她就眉飞色舞:"我很喜欢颜色,它们有冷有暖,各有个性。从小开始,我就觉得任何东西都有自己应有的颜色。"甚至有人计算过，认为我们喜欢的颜色，都与天文星象有关；而颜色搭配，确又是时装其中一种元素。

颜色

这么一个凭感官、直观创作的典型艺术家，倒像诗人。大家尽管想象时装界人物：近至《穿Prada恶魔》那电影的杂志主编，远至一个闻名已久的专业形象设计师，都是洞察潮流的人物。她或他们与娱乐圈明星、文化界名人多少有点交情；有时应邀到巴黎集体朝圣，看众人膜拜瞬即过时的最新服饰……以上想象毫不费劲。可是我们在 Adele 身上看不出半件名牌，也明显不是那种名利场中的社交高手。最近流行什么服饰？你对这行业的想法如何？你为明星设计衣着形象时，会用上什么名牌？你一定遇过不少时装杂志编辑，她们是怎样的？张爱玲的时装概念是从巴黎开始，你认同这个想法吗……看来我预备的问题统统失效死火。

她早在学生时代，已觉得衣服是一种语言。当年也曾故意寻找属于自己的"颜色"以建立身份；入行之后，发现 styling 其实由创作者去寻找同一语言的衣服而已。时装是个循环，styling 则没有时限。合意的衣服，可为她表达些信息："每次发现，都是一个'哗'！——click，就中了"。严格来说，她买的并不是时装，而是配件。因此，她不断寻找配件，"哗"完一件又一件，哪管是破洞旧衣，还是一束麻绳，但凡与她感官接通的，都会成为拼贴在模特儿身上的其中一个创作元素。

1994 年，Adele 初入行，在加拿大一家时装公司做零售工作，觉得这行业十分刺激；她爱用衫创作，在视觉上追求她心目中的美感。不久，她开始挣扎，期间，她看了一本反省业界丑陋的书，觉得自己像在"呃"人，想脱离这行业。"要替卖梦者做styling，那些作品其实可以很空泛。"她深知所谓high fashion，都想卖一个梦，也是行业最敏感的地带：卖梦者所穿的衣服品质参差，穿上它们，只为拍得一张好照片，让人欣赏卖梦者的新形象便可以了。1997年，她转到媒体机构工作，主力做杂志时装字段。"做杂志是从零开始的。"上至topic、撰文，下至model casting、拍摄、版面layout，一脚踢，可发挥的空间还算不小。"在工作岗位上，要我写最近流行什么，我可以照写……不过，我心目中的时装，并不是这回事。"她顿了一顿，"我真希望我内心想做的，都可放在作品上。"那段时间，她经常在作品中投射自己，却因为这种工作心态，令她burnout，渐渐失去昔日热情。

黑白容祖儿

数年后，离职并迁到新界乡间居住，生下孩子，又与丈夫一起下田工作。寻找和发现，一向是艺术创作的基本动作，而其中一种她最擅长、最感兴趣的，就是model castin。以往，她会在街上寻找一个能与她"感应"的模特儿对象，又或从她们身上寻获自己的"颜色"。今次却是她的孩子："我发现我和对象之间相互的关系。孩子当天不快乐，可能因为我太忙，又或情绪不好。"她脸上挂起甜蜜的微笑："孩子当天很快乐，因为我也快乐。那段下田的日子，令我有机会跨越自己的范围，用另一角度思考自己。"她在田野思考创作，有了新的想法："创作离不开大自然"、"我的创作就是我"……有趣的是，在这个自省过程中，她发现原来自己一直以来的作品，都源于一本画册。她从案上拉出一本叫 fairies 的旧书,翻过许多印了各种怪异形象的页面,在局促的阁楼上刮起书页的微风;翻到附近,就慢了下来,横开书页,食指在那张素描的人像头发上轻轻按了一按:"一定是这种发型,一定是这个长度。"又指住腰:"一定是裸体。"再指住脸部:"一定是侧面。"她作品的创作原型,就是源于这幅素描。

想通了,便重出江湖,在港岛开办工作室,接广告、唱片、杂志等 freelance,又为明星做 styling。我们熟悉的容祖儿,就是她其中一位常客。能把自己的创作意念和商品结合,并非一朝一夕的事。工作一到她手上,就只管做自己想做的。我们想,她一定搜集了许多娱乐新闻,尝试了解那人的个性才去创作吧。她偏偏就不做准备,久而久之,那个明星的形象,完全成为她自己的作品。大家不明白"颜色"这回事。"在此之前,没人为她做过黑白照,就算是其他(本地)明星也少见。"有人说杂志出黑白照封面销量一定会跌,她右手轻按桌沿:"但我坚持,开了几个会议都问他们——你们见过黑白照的容祖儿吗?你们见过黑白照的容祖儿吗?我坚信这个形象是值得出的!"那次是她唯一一次为他们(明星)做准备工夫后的结果。所谓准备工夫,不过是有次偶然路过骆克道那一列 VCD 铺前,听过她的歌,看过她的 MTV 而已。她旨在塑造一个荧光幕以外、非大众所认识的形象。而大红大紫的容祖儿,用黑与白来演绎,Adele 成功把自己的创作实践出来,不差毫厘,正好告诉俗人容祖儿形象的潜质。

声音

至于追逐时装潮流的俗人,能找到属于自己的"颜色"吗?我跟她分享自己半年一度的季尾扫减价货的消费举动，她就定睛看我："不单是你，许多人都没有自己的声音，或是外界的声音太大，影响每一个人。自己的声音太小，就听从外界所定的方向。时装消费，大概就是这一回事了。安静，要自己安静下来，才认清自己最需要的颜色。像你今天穿的蓝色。"唔，我今天的"外界"其实是主编海伦，因为她曾有过温馨提示：Adele 的生活十分简朴。"我也会穿高跟鞋。朋友看见了都感疑惑，怎么我也会穿这个呢？因为我觉得自己那天需要高跟鞋的 energy。如果那天我需要人字拖的 energy，我也会穿的。"

时间差不多了，她好像看了看我印了半版、共 17 条问题的 A4 纸。我有点不好意思："其实……我预备了许多问题，都没有问，例如最近流行的服饰——"大家多少也想知道吧。这个混迹十数年的专业形象设计师，不再卖梦："你那天喜欢什么，就是什么了。"

> Adele，一个爱用衣服去表达美的女孩。构思什么衣服穿在什么人身上表现出什么感觉什么样的美，就是她的工作。干一份跟潮流文化如斯靠近的工作，却从不留意潮流杂志看时装秀甚或娱乐新闻甚或报纸，一切由心出发。作为梦工场一分子，曾经挣扎，觉得一走了之不是办法，觉得专心致志将自己相信的倾注其中，才对得住自己对得住人。（海伦）

麦兜、蛮力、麦家碧

——画家麦家碧专访

Blogbus麦兜粉丝共30问，小记携着问题代父从军式的远赴湾仔造访麦家碧，却不得要领。虽未至于无功而还，但能从麦太真人版——不，该说是Miss Chan真人版有此访谈，随之呈现麦兜粉丝跟前，让大家见识画家最真实的一面，如嫌它满足不了好奇心，唯希望可给有志"创意工业"的创作人一个榜样。

草根，真有其事？

麦家碧一听见小记提起"本土"、"草根"话题便伤了几条脑筋似的："怎么你们常问这种问题？"她大惑不解。身为绘画快乐的画家，为什么要向读者解释由读者自己惹来的烦恼："香港真有草根阶层吗？难道我们只会把草根和中产对立起来吗？"为什么读者有这么多的问题？都因画家画下的每个角色，都引起了大家的好奇心。她很清楚自己的身份：并不是角色或故事的解释者，而是不折不扣的画家。至于草根，其实就是一群不比别人拥有更多财富而能糊口维生的阶层，用有限财富活在自己有限的兴趣和生活中。然而，我们断不能轻易归类——倘有个中产要过草根式的生活，草根在词义上，就是个生活品位指标吧。

她就是这么定义对抗者。指标和标签,于她终会成为厌恶的事先张扬:"别问我喜欢哪个角色。如有人问我为什么爱吃咖喱饭,我可举出十个原因。下次我吃咖喱时,我会想:真只有十个原因吗?这些原因,真足以令我爱上咖喱吗?这样一来,我便会为咖喱而烦恼,下次再吃,或许会怀疑它美味与否;再吃,甚至会讨厌它。"

向定义说不

另一边厢,Bliss 仍会与不同单位(包括政府和公营机构)合作,用小猪来教化众生,他也因此不免跌进许多个被定义和标签的东西,其中一项叫"麦兜识少少公民小字典",提供50个与日常生活相关,并常使用的词语解释,例如"创意工业"。麦兜是这么说的:"我的志愿,是做一位'创意工业家'!"然后一五一十凡举各个类别,再解释怎样才算是"注重创意和才华的'知识密集行业'"。

麦家碧则在这访问向她的"客户"说不——当然,她所指的是,不甘于被归类:"死问题,会抹杀答案的可能性。就如创意工业于我的意义。这种问题,真不用问……故事十分简单:有个刚读完插画的人,遇见刚从事出版的人(谢立文);画家很希望有经理人安排自己的工作,出版人很希望与人合作写书。创意是一种冲动,有了冲动,就有作品,向来也这么简单。后来,有一群人爱上这些作品,就有更多人帮忙和合作,或这就是所谓的创意工业?可是,大家却不用问。创意和工业都会自然生成,它不用别人多解释的。"可惜,"识少少"的人确又太多,难得麦兜愿意推而广之,就让它继续播种好了。

小事满足，就有大快乐

入话以后，小记当然要为 Blogbus 网民问些问题了。问到为什么麦兜在单亲家庭长大，她笑说："这要问作者（谢立文）啊。"才知他们分工仔细："据我记忆，麦兜在（一些故事所述的）未来，曾遇过爸爸的，他在作品中时有出现。至于（有人问）未来麦兜，他的职业更有趣，几乎没有一次是相同的。"问到情事，麦家碧倒没为他紧张："也曾在未来出现过的，找找看呵！"提到创作情绪，她笑得最灿烂："问我保持快乐的方法，就是维持正能量，远离常带负能量的朋友，尽量躲开令自己不快乐的新闻。小事满足，就有大快乐。"她善于捕捉快乐，Blogbus 麦兜粉丝引录的这句话，大可成为脚注："如果自己不快乐，便不可以画出快乐的画。"要令别人看后感到快乐，大家都非要传染幸福感觉不可的作品，自然最难画，由此，她在工作时，有个规矩：画画的时候，旁人不许观看。"如果旁人偷看你在画画，也没办法了，要是偷看，我又不知道的，倒没所谓。"那么，为什么要定这小规矩呢？"不算是规矩啊，只因不想别人看见我担心的样子。"这可有趣：才说要快乐才画画，怎么画画时怕别人看见，原来是怕人看到担心样？仿佛重返"鱼旦粗／无鱼旦"的港式悖论了。

"创作，当然会有担心的时候啊！怕画得不美，画得不好。可是，到我完成后，又会觉得好靓。基于中国人传统的谦虚，我其实又不敢提自己的画有多美。所以啊，我觉得草间弥生这人有趣，常称赞自己的作品。"小记忍不住问："是美就是美，赞自己也无妨啊！""心里是知道的，许多作品我其实也很喜欢……我还是很传统嘛……"她垂下头来，看看自己的手："对了，我记起了！我怕别人看我画画，其实是怕他们看到我担心时的一些动作，例如把食指拌到中指，把无名指拌到尾指……"并即席示范："这是我童年在影楼拍下的一张照片，其中一个动作。后来，我才发现，自己担心时，会有些小动作啊！"她愈说愈雀跃，手指扭得奇怪，乐于展示怪癖的表演欲，比麦兜表演任何动作也详细和持久："无论如何，处理画画的烦恼，也是快活的。"

母爱是种蛮力

她笔下的麦兜，是单亲家庭长大的小猪："猪并不肮脏，只是人养得肮脏，吃和拉也在同一栏栅里。猪其实爱整洁也爱干净。"可见她爱猪心切。"只是……"她悄声说，"只是叫声难听一点而已。"小记不禁问个蠢问题：麦兜到底几分人，几分猪？她笑言他是十分人，没半分猪，回个眼神来，仿佛又怪小记不懂发问。小记其实想问，麦兜是否比猪更平庸。"他确比别的人更没条件，家境清贫；学习能力方面，就像一般香港不够靓、不够快、不够醒目的小朋友，可他总会傻傻地坚持，默默地努力，就是麦太要他练成看来多余没用的脚爪，最终不知道自己学会了什么，傻得快乐便好；快乐，便好。"麦太真人版慈祥和蔼的笑容，毫不隐藏她对"儿子"的爱护有加，望子成龙。

"麦太的原型，就是天下母亲。"小记谈到法文版麦兜，亦提到内地版与港版的分别："其实没有分别，只在语言上有点文化距离。"而母爱在麦兜的不平凡演绎，源于哪种力量，麦家碧想了想："母亲的爱都是无条件的全力爱，虽说有时爱得很野蛮，但那种蛮力，大得很吸引人。"

她在家人嚷着移民的一些日子中，决定留在香港；举家离开了，只剩麦家碧留在铜锣湾："我是铜锣湾人。"她留在香港，继续散播蛮力的种子。在她眼中,香港仍有未到位的、落后的一面,不过,她相信身边的人,她对朋友充满信心,觉得只要大家靠在一起,一切都可改善的。

亲切地妥协

"你提到的老香港,大约是大角咀吧。那是九龙啊。"原来她甚少过海。在我看来,她是头典型的香港怪物:觉得旺角多遥远,维多利亚港阔得跨不过去。久居新界的小记和这种港岛本位的人种,确有点隔阂:"我想象中的九龙,内容丰富,有质感。每到一次,都像到别国旅行。"

至于深水埗春田花花楼下德和烧味与许留山,前者近乎绝迹,后者布满旺角。"幼儿园记忆早消失了。如真要追查下去,只能说,春田花花的 Miss Chan,衣着是像我的。"原来 Miss Chan 所穿,大都是麦家碧曾穿着过的!再看看她的衣着,确又很 Miss Chan 啊!

"这个屎捞人——" 她把玩旁边的屎捞人娃娃:"眼睛本来是红色和绿色 M&M's(巧克力豆),鼻上的叶子则是沙津的剩余,都是麦兜在春田花花圣诞节派对后的排泄物。可是,工厂找不到红绿色的扣子。事情老是难以完美。"她语带惋惜:"你刚才提到,有关妥协与不妥协,我知道自己因妥协而流失了一群 hardcore(忠实)读者。我想,我已度过了这(疑惑、犹豫)阶段。"

她明白爱上麦兜娃娃的人,未必读过她和谢立文创作的书:"不要紧,我已放开了。如他们因此看书,当然更好。"若有天,只会把脸孔靠到麦兜娃娃的人,都爱上书,学会欣赏书中麦兜的平庸与纯真,相信麦家碧会更满足的。

高跟鞋与女替身

——李伟仪专访、袁兆昌小说

李伟仪因为PAAG事件,忙于接受某线电视访问,周四晚还工作至翌晨,只余下两个时间:周五凌晨一时或下午四时。结果,我们终于约好个时间,做电话访问。线接通了,还好主编海伦跟她说过我会在这个栏写小说,她也愿意成为我的小说角色。

李:我知道啦!还跟主编海伦说了个故事。她跟你说过吗?

袁:可否多说一遍?

李:前年我收到一个男读者来信,讲述他太太生下两个孩子后,身体起了变化。有次她跟丈夫说,觉得像两个泄了气的米袋。他认为她已为这个家付出了许多许多,这些事情根本不重要。可是,她偷偷地跑到内地做了整形手术,至今仍有不少困扰。他在信里写道:"本人当然不会介意太太身材的变化,因为她一直恪尽妇道,又为家庭带来了两个孩子,带来了欢乐,待我亦为至爱,在亲朋长辈间尽孝道,是位难得的好媳妇、好母亲、好妻子,亦为我的至爱。但近日她又满怀心事,她告诉我说,无论她穿什么衣服及泳衣都充满自信,但始终在夫妻亲热时,总觉得有所顾虑……教本人担心不已。一时间她听说有什么偏方就煲药,一时间就说要去看什么医生……"

袁:这是个好丈夫啊!

李:待会我传这个内文给你读读。那么,你的小说呢?

袁:这个小说嘛……分三个部分……颇老套的。我读出来吧。

1

"这一幕补镜,讲述女主角发现男主角原来就是被全城通缉的、用PAAG替女子整容的医生,伤心得往街上昂首乱跑臂膀乱晃,走进阴暗街巷。她会在镜头十米以外,背靠镜头。她不断往镜头退过来。镜头要表达她的焦虑和不安,最好别让观众知道镜头以外有一个男子正走近女主角。镜头要对准女主角的高跟鞋,鞋跟特写,占画面三分之一。因此你要将DV机平放在地上……啊!来了。"导演终于走开了,摄影师吁了口气。原来迟到两小时的女主角终于来到片场。旁边那个为主角补镜、声称曾是"歌王"的印巴籍男替身,操流利广州话大谈导演和女主角的绯闻:"我亲眼看见他们在元朗吃B仔凉粉……他们真的到过元朗……你这样望我,有什么意思? 我可是在元朗长大的。"

这时,导演右手搭在女主角的肩膀上,脸挤成一个很会开玩笑的样子往她耳边哄。女主角只垂下头一直走,才发现她没穿高跟鞋。"我叫你穿高跟鞋嘻嘻你没穿吗?不要紧!待会我替你穿嘻嘻我替你穿……"右手五指用力抓住女主角的臂膀。摄影师只顾盯着她穿了牛仔裤的双腿。"更衣室往那边走……"导演又往她耳边哄,不知道他在说什么了。女主角从更衣室走出来了,导演从另一端跑过去,大赞她穿得标致且具气质。

摄影师再看真一点,才发现她不是女主角,只是个替身。

2

袁：小说在第二部分讲述一名女子为模仿某女星完美身段而改造自己。她胡乱找个借口跟男朋友分手付钱改姓名换身份证换了手机号码迁出老家独居买了新裙新鞋新饰物换了新发型……她动了手术后，觉得自己开始口吃、面部肌肉开始萎缩、患上癌症……她整天卧在床上，听见导演在她耳畔说："你一定会成为一个出色的女主角。咦？我叫你穿高跟鞋嘻嘻你没穿吗？不要紧！待会我替你穿嘻嘻我替你穿……更衣室往那边走……"唔，第一部分，就是她因害怕有后遗症而幻想出来的情节。

李：女性在意（整容后的）惹来非议多于后遗症。这个社会不断有人评价女性，她们会因为品评各异而妒忌别人，从私人身体到公众场域：身段比谁好，样貌比谁美，整容后的女性，希望别人知道她改变了，同时害怕惹来口舌。

袁：确实是很复杂的心理。我以为女性整容后，会害怕面对既有的社交圈子，害怕别人观察你改了身体哪个部分……原来不是这样的。那么，我要改改这小说的第二部分。

李：我曾在小学时代，读过一个童话故事，讲述百年后的新世界，人类不再死亡，可随意到商店购买器官。你的眼睛坏了，可以到卖眼睛的商店；你觉得眼睛不合潮流，甚至可以选特别的颜色，换上便行。你秃头的话，甚至可以换头。

袁：哗！这个不像童话……你小学已看这些书吗？

李：这是一个关于向往科技的童话故事啊！我觉得女性就是喜欢想象自己的身体。她们活在一个审美标准不确定的世界：肥就是美，便想增肥；瘦才算美，便想瘦身。压力真不小。有许多女性是nature的，不应以人工化，可是女性就是喜欢有变化。最近买了一本书，讲一个法国女性主义行为艺术家（Orlan,1947—），用自己的身体去表现女性身体改造的思考，起了个名堂，叫"医疗介入综合概念的舞台表演"。

90年代，她故意把鼻子隆高；手术后，她拍下从消肿到定型的过程，还参加朋友的舞会，到处测试别人的反应……

3

李伟仪收到一个来自某区的电邮，内容讲述一个女子为了成为一个演员，不惜注射PAAG。其实她没打算走性感路线，只因希望成为那著名女星，一心要模仿她，藉以接近那个被她撇掉的导演。糟糕！迟到了！她匆匆穿了一件T恤一条牛仔裤，拾起昨天才收到的导演的临时通告，依地址赶到片场，为一出电影当女替身。片场一个摄影师和旁人在呢喃，大概就是说她整容的事了。（小说要在这里补上她很介意……稿很赶，还是迟些才改它吧）她走出更衣室，胸膛突然流出了一串PAAG……身体被揭穿了，谎言也被揭穿了。超标超额超分量的PAAG流往片场的闸门，导演立刻推开了她，摄影师手上的DV机跌在地上……镜头对准逃跑的鞋，只拍了背靠镜头十米以外的女替身那双占画面三分之一的红色鞋跟，镜头表达了她的焦虑和不安……这其实是她得了后遗症后，躲在家幻想的故事。

李：你的想法好灰。

袁：唔。本来你会在第三部分的报章信箱回信给她，替她解决问题的。

李：你的小说颇花心思，不过，女性真的比较在意别人品评。我想，真正爱自己的女性，会懂得欣赏自己不完美的地方。其实，如何做个开心女人呢？弗洛伊德认为女性一直活在"男性凝视"下，是女性天生的性心理，无可避免。事实上，有许多女性都觉得自己不完美。她们或会因此找到乐趣，却同时又添了烦恼。你小说里的女替身，想用自己改造的身体去换来事业，可惜她失败了。

袁：这类受害女子其实好惨……

李：像你这种同情（整容）受害女子的男人比较少。前几天，有个男网友在网上讨论区谈论这件事，认为女人不用装"胸"作势去讨好男人，这样残害自己的身体是错的，隆胸的女性是可耻的。后来我和朋友都在网上骂了他一顿。依我理解，这个男网友所持的论调，是偷换了60年代激进女性主义者的概念，表面上关心女性，其实是抱着大男人的心态去看低女性。昨天，我接受电视访问前，他们有个节目前的网上讨论，有个男人数女性十大罪状，第一条就是"无就唔好装'胸'作势"；另一个男人又要数，第一条却是"香港女性天生就无乜"。女性的身体是属于自己而不是属于男性的，一个叫人别装，一个又嫌人无，到底想什么呢？真是好笑！

> **后语**
>
> 　　小说我已经无力再"整容"了，就由得它记录在这里吧。至于访谈的三个部分，算是小说初稿的三个部分吗？这个访谈算是一个小说吗？

金曲倒数

第十至第八位

欧阳菲菲

热情的沙漠

我偶像庾澄庆这位风骚老哥，几年前翻唱经典名曲，包括这一首。据闻此曲早年曾受台湾禁播，关键在于它最可贵的、句与句之间需轻声和唱的"啊"字。因为"我的热情"和"好像一盆火"等句之间加了个感叹语，使歌曲听来惹人迷思？趣味所在又岂止一曲一字。70年代就有《何日君再来》，"君"、"军"音谐，弄得被禁起来，略见台湾流行曲打入香港市场的原因了。

《热情的沙漠》（以下简称《热》）是四拍舞曲，易起共鸣感，若经由编曲老手炮制，更可改为不同曲式按调重弹。徐小凤1974年"永恒"版的《热》以鼓声为主，配以她沉厚嗓音，唱出肯定、确信和坚守的意思；庾的"哈林"摇滚版则添了电子吉他和keyboard，不由你不信：浮夸、风骚，听起来似是调侃上一代坚贞的恋爱观，今天台湾男生就是如此模样？还是当年老哥以左手伊能静、右手麦克风的春风得意，跟老婆来个《热》的幽默版本？

内地实力歌手张靓颖的《热》，把"啊"改为女侠式的"哈"，副歌之间添几句农人、纤夫或工人所呼唱的"唏唷"，安插了一句"再来一遍"，与众共唱、同舞，比"哈林"版走得更前。报载，杭州有个美少女张焱，翻唱《热》时跳了一支类近弗拉门戈的舞蹈。早阵子，徐小凤因慈善秀而 rap "吹啊吹，让这风吹"，我倒期待欧阳菲菲再唱《热》时，也想个点子来。

不同的演绎方式，为老歌带来了新生命，视为俗乐的双重"解禁"。

姚苏蓉

今天不回家

"今天不回家"这熟语足足供民间活用40年，歌曲始于1968年的一个偶然：相传台湾"健康写实主义"导演白景瑞要开拍喜剧《今天不回家》，唱片公司本有音乐创作人选骆明道，可惜他当了兵，于是找来古典乐出身的左宏元（古月），临时赶到西门町歌厅等待姚苏蓉这位唱者细说合作事。台湾当年禁播《今天不回家》曲（如前文）。唱片公司不得不探问香港情况……几个偶然造就歌曲成功外销，影响香港乐坛非常深远也不难推想，只因这是第一首抵港的台湾歌。

曲词由左氏一手包办，开首清唱部分，心思精巧得令人吃惊——唤起听众情绪恰是歌厅唱者的专业，首句没安排音乐作前奏，便能把姚氏专业唱腔原原本本发挥出来。大家可以想象：姚氏唱出"家"字时，如何把这个关键词，用A调延宕发音过程，演绎出非责非问的典型女性心态：等待爱人归来释去种种疑虑（"彷徨的心"）。这个舌面塞擦音，读时发音部位要完全闭合以阻碍气流，然后才逐步放开形成窄缝，令气流从这缝挤出去。

间接翻唱者有林忆莲《爱上一个不回家的人》："等待一生不开启的门"你或者认为这未免过于现代、流于伤感；直接翻唱者则有甄妮，既高且昂的腔调却总不如姚氏的爱情妥协。曲中多个

"家"都是调情唱法:责怪吗?又怕迷失在"十字街头"、"旧日情爱"、"烟雾梦境"的他更迷失;问吗?偏偏"爱情如谜",苦无答案:男人明明说了"往事如烟"却偏不回家而追烟去。

这一切猜想,全因一个A调舌面塞擦音。清唱"家"字,我们会问:谁令爱人"张口结舌"呢?伴乐唱的"家"字,则娇柔楚楚,唱者盼望爱人迷途知返。"回家"是因为家,还是因为爱,谁知道……谁想知道。只要回家,便好。

尤雅

海鸥

最早翻唱的台湾青山老哥,全首歌不过53个字,选为私爱之列,与家父不无关系。在他年轻时,曾以此曲到《声宝之夜》试音——一个要求比《残酷一叮》(香港综艺节目)更纯粹的、由平民主导的经典"试音"节目。若论音准、音域,对家父来说,绝无难度。可是他因何被淘汰?据他所述,他只听过此曲一次,便去试音……这恰是我最喜欢的部分。

当年司琴乃顾嘉辉,案旁有评判,说家父唱法有误:"'海鸥飞在蓝蓝海上',不应一口气唱,而要断句唱。"就像夹个调子朗读诗歌般唱诵出来,分别只在于,唱时留心停顿的拍子,难度极高:"海鸥／飞在／蓝蓝／海上"(孙仪词,《月亮代表我的心》出自他手笔)。每个词语结尾都有延音,词与词之间须配合本来的节奏,如"鸥"唱后,"飞"本来要唱的部分,延缓约半拍才入音:短唱首字,延唱第二个字,像在作小结。

大家如想试唱此曲,可回想《无间道》开首主角二人试用扬声器,画外所播的"是谁在敲打我窗"(陈宏铭,《被遗忘的时光》)首二字,与《海鸥》首二字的调子与节奏完全相同。虽单看歌词作品,满不是味儿,对不?理想追求者的言志自况,用了个看来不大贴切的比喻（海鸥看得远吗？一般人只知他看得清楚吧）。家父怀疑刘家昌老师想在《海鸥》玩一点什么的。今天，要听老歌太方便，可惜暂只属共同缅怀，往事未能回味；有幸最近听过尤雅以五十多岁的年纪，站在台上自我翻唱，夹有她与邓丽君的小故事，一手资料，下文介绍杨千嬅时，定会向大家说明说明。

区区
有瞄头

每当见琼楼便知时光去

——与千嬅同唱老歌《每当变幻时》

界限街以南的香港人，或会想象北区"居者有其牛"。《每当变幻时》虚托联和市场曾有过一番激烈警民之争，我辈公屋居者回顾如何与 Garden Town 共生，被集体期许能够自给自足，数十年来，不止一觉黄粱梦。我常怀着一种心态去寻根：地方志，应由当地居民写起。民间向来充满"我的生存之道"（千嬅万岁），毋忘叶灵凤引述专搜北京小贩吆喝声的《一岁货声》手抄本："吃的香，嚼的脆——茶果！"口耳相传，生生不灭；民间鼓励消费的小智慧，与昔日港督张开嘴巴食蛋挞饮凉茶的照片，哪可比。接过主编海伦来电，寻索上水菜园之根，兼谈电影"洗墟式"开拍所引来的回望姿势，叹曰粉岭围拢而建的雕栏玉砌百万琼楼，朱颜不改的只有老树与回旋路。且待我带大家驾一辆老车，于记忆的回旋路，对照悲喜民间貌。

语言是菜园村民的反抗武器。港英政府于70、80年代向新界村落打主意，大举迁拆以建新市镇。这边厢民间盛传其中一个公屋楼宇结构出现问题，那边厢政府公布大元邨、彩园邨等大型公屋将动工铺置地下水管，精神分裂得交关。适逢保护尖沙咀火车站诸位热血青年决定上揆英女王誓保钟楼，报章头条亦见"四人帮"消息，可谓处处烽烟。上水彩园邨,就在这个多事之秋动土。1978年4月26日《明报》记者走访居民过万的菜园村,写了一段教人着迷的报道来:"昨午十二时在迁拆其中一间木屋时,曾两次使用催泪气体。"过程中,有两名"村妇"晕倒(真如《每》片一众明星于联和墟对开小巴、的士站的冲突片段)。或问杀鸡焉用牛刀,原居民则以行动证明他们文明程度非浅:"部分村民对补偿(政府认为是合理的赔偿,以及入住粉岭安置区)感到不满,除了挂起标语外,并于本月廿日到房屋司署请函,但皆不得要领。"写信既动不了房屋司署神经,村民愤然不离去,并使出交通方略:"为数约二十多名村民在菜园村外的马路上拉开一条要求合理赔偿的长标语,使该段道路一度受阻。"菜园村村民深信语言力量。我既是"后菜园"居民,亦无意中沿袭这可爱习俗。

靠近深圳的绿化北区

我是联和墟原居民,一度迁居天平山村(今北区运动场)。1981年始居彩园邨向窗户一看可见山外有山,更望神州。在这独特且开扬的地理位置张望西北深圳十年有五,见证当年开口闭口"阿灿",今天港灿纷纷携货穿深过港。绿化深圳更有一句口号:"起步即与世界同步",一洗"超英赶美"式的喘气颓风。小城大城经济与文化之峰回路转,港灿当与千婵同唱"每当变幻时,便知时光去"。可幸彩园邨无意中成为不折不扣的绿化新城,没受屯门"良景"式砍树,英人对上水这土地的爱不释手,可谓手下留情得错有错着。

彩园邨平台设有长达一公里的行人天桥,由此路西行直通北区医院,东去早被地产商瞄准的中产天堂,上水人自屋邨走到石湖墟。大家虽已没田可耕，没牛可牵，但个个脚力十足依然，以11号巴士壮健地游走，不喘一口气。至于彩园邨地下鱼菜市场变身为大型补习学校，老人过着"没有小贩的日子"，仍可在平台乘凉对弈，连锁店看来没改变他们生活模式。

上水火车站旁小空地与避车处，成了新式国货（水货）的出入口枢纽，一砖砖半人高货物叠起来，透明胶纸包得紧紧，不到半小时一批复一批，靠臂力与腿力糊口的人，都在货物上蹲坐抽烟。后来，读了韩少功忽起寻根瘾头，读到昔日上水原来是英人避暑的低洼地带。我们大可想象英人如何在火车站旁登上马车去打高尔夫球，近古洞、河上乡、金钱村亦保留许多殖民建筑，供回顾历史的人以语言暂作时空旅人之妻。

少年刘华的住处——联和墟

百年不变的联和墟回旋处，相信是香港唯一一个以交通回旋路和老树作地标的地方吧。附近甜品店愈开愈多，茶餐厅一碟叉烧饭亦已贴近太兴价（"太兴烧味"的价格），40层高楼单位（特设会所）叫价已过150万港元；墟老而人去，昔日往返不断的老人大都仙游。许多昔日于联和市场的特色食店（如广记粥店）被硬生生挤进一式一样的单位。那是政府与地产商联合兴建的"新街市"，始作俑者是海联广场：迁拆"白屋仔"（联和新村）近百户居民，建成首个联和墟中产楼宇。

粉岭裁判署回旋处（《无间道》场景之一）对开一列芒果树，树龄超过半世纪。每到夏季，树都会矮了一截，垂着累累果实。祖父母战后久居这墟市，家父自成见证人之一。据称他曾和少年刘华一起摘过几个。少年家父当年则专事枒权研发,在芒果树旁砖屋十字小窗后躲起来,待那个欺负过我叔叔的仇人路过,便准确地送他前额一块小石子;他们矮过头来,仇人便不知石子来历。

飞机榄飞过唐四楼

贯通北区的马会道北延文锦渡,双线行车开至粉岭南部近和合石。儿时就在联昌楼偕姑母居住。少年时,祖母(人人称她"四嫂")算是墟内名人,雀运牌品皆一流,靠一双手与墟内各方各派建立深厚友谊。祖父母常嘱"四嫂的子孙"回归联和墟,到和隆街唐楼祖家过夜。有阵子,清晨五点起床,做孙的穿了校服,坐着等祖父为老钟上紧发条,便随行新百乐酒楼饮茶。绕墟单程小马路还没汽车,报贩才开始叠报纸,祖父买时仍是未叠好的版本。墟内马路到处小贩蹲坐拨扇叫卖。好一个天光墟。

新百乐是唐楼,高三层,点心姨姨拾级卖大包;楼下有一家专做午市晚市生意、闻名不如见面的"楚楼香"(店名),今天牌匾已剥落,钢闸锁得紧紧,贴满街招,业主属谁成谜。新百乐对面就是Eason、千婵的"富贵墟",主楼竖起三根旗杆。当年每逢双十常挂的旗是青天白日满地红,今天《每》片则自动自觉挂上特区区旗,还安排一幕穿了"街市装"演员站在半世纪前启用的联和市场上,手背拍前额,齐向历史致敬。在我祖父母迁居天堂后,该区确实有人成功争取保留联和市场的主楼、鱼市场和菜市场,电影致敬对象也在此列吧。片中"富贵墟"这名字实在改得好:今天可见鱼菜市场背后是停满奔驰等名车的廉价停车场,节俭中产不嫌走五分钟路才回到百多万的小鸽笼。

唐楼满布的和隆街,当年飞机榄(一种食品)师傅都曾来卖过，有幸亲睹老当益壮的他，如何抱着小吉他朗朗唱诵，并一手抛上唐四楼一窗户里（奥运应列此项）。信华超市拐弯便见唐楼下的小邮政局（今烧味店）。这街道当年也算龙蛇混杂，翻读30年前的报纸，多宗大案都曾在这条街发生。今天则成了专线小巴枢纽：小巴师傅在路线终点那黄色、白色的亚加力胶片上，漆上军地、沙头角和坪輋等地名。

铁路支线二三事

祖母曾说军地和沙头角都建过临时火车站。1911年施工，翌年启用。当年铁路局用兴建广九铁路时剩余的物资，以窄轨铁路形式顺乎粉岭西地形建成，英人常经此路撑着伞子避暑度假。难怪就连董启章也在小说中安排主角去沙头角看村屋盘。可惜这条铁路建得快，拆得更快，于1929年的地图，擦去蜿蜒的线。

地标自我消灭欢乐他朝再会

有阵子，家父曾带我和弟弟到粉岭南部那片尚未开发的荒地上放风筝；路子引熟了，我便带弟弟踏单车走两公里路，蒸出满身热汗，放下单车便闯进一个豪宅示范单位享受免费空调（北区首个低密度豪宅）。吉他手弟弟当年才几岁，指往天花板傻傻地说："哗！上面有我们的样子！"仰看豪装假天花，有两个少年误闯这一生也未必住得起的居室照着大镜子。若再走远一点，就是我们十多年后将会迁居的公屋工地。早已听闻那罕见的、环抱"山坟景"的公屋地段，常闹鬼的，万一当真遇着天然冷气，阴风阵阵……我们终也不敢闯进去。后来才知道，港英政府于战后为安葬死难者，曾建有和合石支线，列车专门运载棺木（联和墟因此有不少棺木和纸扎店铺）；支线后来供人拜祭先人,每天开出一班怀念先人的列车;清明时节,每天三班,九龙站至和合石站全程二元六角。

1983年,政府拿着估计出生人口的数字拆掉铁轨兴建另一个新市镇,而弟弟也确于该年六月出生。预测这么准确,不得不佩服英人拆卸旧建筑的完美借口。我曾到北角地政总署选看数十年前的鸟瞰照片,去中央地图图书馆影印老地图收藏。然后,我用图像软件拼在今天的地图上,发现粉岭家楼下原来曾铺设铁路。自此,我每天想象如何踏在二十多年前的铁轨上,践着碎石散步。儿时,我和弟弟仍可在火车站范围蹲在扭蛋机前,期待玩具跌下来,在地上放AA电池驱动的小四驱车。今天,上水和粉岭站已用黄线(现刚铺了新地砖,暂未补上)划成广阔的通道范围,广播不断提醒我们不要在车站等待。有朋自远方来,车站大堂却不许乘客等候来客;天桥通道又租予信用卡、电话公司等流动商户,沦为纯粹消费驿站,四处是站岗职员,随时赶人离开。又一地标自我消灭,是为香港"生存之道"。但愿今天兴之所至、与千嬅翻唱叶丽仪老歌的读者,都与我同唱:"四季暗中追随,逝去了的都已逝——去……啊……"美好周日,老调重弹;逝者如斯,不亦乐乎。

漫步者空想

——改造废置焚化炉

蓝巴勒海峡两岸距离不足一公里宽,有六条大桥横跨青衣(古称"春花落")、荃湾两岸,可谓全港之最;每到晚上,桥上车前灯交错穿梭,岸边也有不少人点灯夜钓,船只在海峡络绎不绝,灯火斑驳……"银海式"的楼盘措辞。以上景致,以及"维港烟花海景",相信就是青衣沿海高尚住宅近年不断落成的原因。可是,甚少人提及蓝巴勒海峡(Rambler Channel),单看这个名字已有潜力作为文化艺术区的地方。Rambler即是漫步者,也是攀缘植物的名字;直译作"漫步者海峡"的话,相信更有格调;明代则用"春花洋"记载这个海峡,可以想象昔日流水落花的良辰美景。将原有工业用地废置了的旧建筑翻新改建,为艺术家提供创作空间,已成为世界潮流:工业厂房(北京)、发电厂(伦敦)、酒厂(洛杉矶、台北),工业区大都远离市中心,而当代艺术往往带有迁离市中心的边缘性质。《如果·爱》取景的地点、经常有人提及的北京798厂"大山子艺术区",2002年至今,之所以成功吸引各地艺术家进场创作,除了废置厂房带点Bauhaus风韵外,还因为墙身残留"文革"红字、语录的"伤痕",记载了中国建筑史和断代史。回过头来,看看蓝巴勒海峡两岸,其实不乏具有历史意义的"伤痕建筑"。

葵涌焚化炉污染地标

从北角商住区旁废置的油街市政大楼,到土瓜湾车房、煤气厂旁的废置红砖牛只屠房,乃至本地仍在计划的长沙湾工厂大厦区,以上废置空间,都难与其他工业用地的上万平方米空间比较,唯独葵涌焚化炉。这座焚化炉焚化香港废物足足 19 年(1978 年至 1997 年)。它的烟囱,更是个另类地标:象征空气污染问题严重、擅长丢垃圾的城市。焚化炉面积约 14,000 平方米,烟囱高约 150 米,废置将近十年,政府至今仍未打算拆卸。想象一下,若由艺术家进驻焚化炉,这座竖立于往来机场的铁路和巴士必经之路的地标,注入艺术元素后,将会起什么变化?

"掩鼻子公园"不会开放

蓝巴勒海峡海岸线之所以这么接近,全因为多年来的填海工程,把青洲、牙鹰洲和芒洲堆成一片陆地,情况非常尴尬:既非存在,亦非消失。它们在教科书里的地图上神秘地隐去,相信就是这地区的可见伤痕了。而焚化炉旁、属蓝巴勒海峡一部分的醉酒湾海面,不幸成为填海对象之一。废物竟可堆积成山(名副其实的垃圾山),堆了近 30 公顷的土地来,相信就只此一例。堆至 1979 年才关闭。虽然政府绿化了这座名为"葵涌公园"(叫它"掩鼻子公园"更贴切)的小山丘,可是地底充满大量沼气,不宜游览,因此成为一座不会开放的公园。从葵青剧院旁的行人天桥,一直往海边走,便会发现天桥连接公园的通道。若乘长途巴士,也可看到这座恍如伸进小山丘的行人天桥,颇有"林深不知处"的意味,谁想到它是通往一个游人止步的公园呢?

荃湾屠房"伤痕"预见

"伤痕建筑"在可见将来(中央屠宰方案落实后),还可数荃湾屠房。早在1987年,铁路局曾看准这个海事往来频繁的港湾,提出兴建货运支线方案,从大围金山钻四公里隧道穿越下葵涌,经荃湾屠房,填平蓝巴勒海峡避风塘,建成支线终站,将内地与香港来往的货柜运到南面葵涌货柜码头,更有连接青衣的客运铁路建议。可惜,这个方案最终未获通过,而在荃湾屠房,面对"电昏、放血、冲洗、热水烫洗、去毛、开肚取杂脏、检验、盖印"程序前呼天抢地的猪只所发出的噪音求救声,终也没有被铁路噪音盖过,至今仍是该区区议会接获噪音和异味投诉的热门对象。将来屠房关闭后,大可建成另类铁道博物馆,展出未有落实的铁路计划,更可开辟一个空间,任市民在屠房设计城市版图,为市民提供想象城市的空间,也可提升他们参与小区的投入感……纯粹胡言乱语。

除了噪音和异味投诉之外,也有人曾去信环境运输及工务局,建议改善维港环境。一位西环居民于2004年发了个电邮,提及新界西北排污经蓝巴勒海峡流入维港影响水质,点中"漫步者海峡"的海水污染问题。事实上,该水域大肠杆菌含量一度严重超标至10,000/100ml;2001年实施第一期净化海港计划,政府称成功截断附近非法排污的水道,水质可望改善。

昌仍未查出谁是蓝巴勒海峡的命名者,不过,为了拍摄焚化炉景观,倒也亲身考察过。昌穿过那"林深不知处"的行人天桥,沿"葵涌公园"围栏外的人行道上一直走,零星工人路过,货柜车轰轰走不停。再走十分钟抵达焚化炉。在门外往内看,看见前地有一条连接一楼的斜道,野树缠在杏啡色的外墙上,间有破落的玻璃窗;旁边避风塘的趸船有广播,指示(甚至训斥)船员工作。路的尽头有几头黄黄黑黑的野狗。"漫步者海峡"没有漫步者,"春花洋"没有春花飘扬的景致,只怪香港常吹东风,牺牲以西地区的环境。

艺术创作　拯救城市

当代艺术家不断寻找创作空间。最令人着迷的,相信是一种与社会普遍价值始于抗衡、终于互补的期待。在香港,这种期待几时才洗去忽冷忽热的讨论习性,又或免却泛泛而论、侃侃而谈(如本文),由市民(如本人)亲身去思考旧建筑的新用途、去设计新填地的新建筑?问题一如"葵涌公园"堆积成山,沼气犹在。尽管

龙舟赛外籍选手抱怨某条河道上垃圾与死鱼同样多,昌相信,良好的艺术创作空间,可挽回城市饱受污染的形象……至少,可清除"污染地标",用艺术创作拯救这座城市……纯粹空想。

区区有喵头

大近视——香港文化蒙太奇

天水围
铁道银座站

相信不少天水围学生都曾说过这样的豪言壮语:"今天到'银座'吃午饭吧!"他们真要到银座吃饭吗?若真要即飞日本,得返家拿特区护照乘"E巴"到机场并付7000大元买一张飞东京机票过海关盖章抵成田机场后转乘巴士到银座……学生口中的"银座",其实不过是天水围一个自湾仔乘巴士车费只需二十块、某地产商美其名的商住区,也是九广轻铁路线图68个车站之一、轻铁"第四收费区"其中一个站而已。

天水围就是有一套独特的语言系统。"西北大开发"在香港新界一片本来布满农地和鱼塘、占地约430公顷的低洼土地,不到十年便被镶嵌成新界小日本:千叶(其实是烧烤场)、新宿(二楼跳蚤式商场)、有乐町、日比谷、银座……到东京和天水围见识过的朋友,或会因为这些符号的"所指"而坐立不安——从银座一丁目血拼至扫到八丁目,精心换算日元兑港元多少、免税可节省多少,出入名店而神情自若,一卡在手彰显购物成就。

天水围银座,邻近中央公园出入口,则有一辆警示欲以身试法的青少年的警车,停泊在"日比谷"和"有乐町"之间,挂上一条摇摇欲坠的胶布横额:"本区常有军装及便装警员作不定时巡逻",警力节省得这么张扬;附近也有公园保安站岗,每隔数分钟就响起扬声器:"请勿在公园范围内踏单车,多谢合作!"连同那些没有踏单车的人一同警告,恰是切实的噪音滋扰。煞风景煞得这么"香港",如何教人藉那些日本地名来想象天水围呢。

马尔克斯:往外走便是海

为新开发区命名,那名字隐含一个开荒者的浪漫情怀。简简单单几个字,就是他寄语荒地未来景观的许愿池。马尔克斯笔下邦迪亚一家初到南美那片仍未开发的内陆土地,将之命名——马孔多,一片经常有吉卜赛人带来新科技的新天新地。开拓者老邦迪亚有一个信念:往外走,便是海。这么一个创造性人物,不单为一个偏僻小镇带来通往岸边的道路,后来更引来一条铁路,正是政府以基建表示重视小镇地位的明证。

弥敦爵士打造香港面貌

香港也曾有一个城市规划的老邦迪亚,他为广九铁路(今称九广东铁)敲定今天在地图上看得见的九铁路线。他是第13任港督:弥敦爵士(Sir Matthew Nathan)。任职短短三年,兴建弥敦道,开凿笔架山隧道,打通九龙新界,为香港今天的面貌绘了城市草图。无独有偶,他任期第一年(1904),港岛电车通车了。如果弥敦在世,参考这两个铁路个案,并参与70、80年代九广铁路的轻铁规划,新界西的面貌也许会比今天的好。我们在学生时代流行的电玩 Sim City,任由开拓者想象和设计;建设失败,虚拟世界可在弹指之间从头开始。现实世界又如何呢?让我带大家走进这座新界小日本:我们先在天福路转进天耀路的十字路口,等候一个长达八分钟的交通灯……

硬套的不轻便铁路

居民自轻铁通车以来，已默默忍耐了18年。失败的电车路线设计硬套在乡郊地区，一米高月台生硬地占了马路中央，路轨占用马路二分之一空间。一众司机在元朗大马路（青山公路元朗段）每20米刹一次掣，为迁就轻铁，辛苦了急刹车刹得酸软的脚踝。至于延伸至天水围的支线，如何应付30万人口呢？一个车厢才载200人，每到繁忙时段，我们会看到天水围人挤在一列又一列徐疾无度、左摆右摇的轻铁里，抓紧把手，可怜兮兮的向窗外张看。人人都说，轻便铁路一点也不轻便！九铁以行动点头承认它的笨重、不灵活，安排公车接载乘客往返小大乡村。

1997年以前最后的基建工程

英国引入 Garden Town 概念以兴建一个又一个据说可以自给自足的新市镇，也见证弥敦曾预言工商业发展系于新界如何开发，确为香港城市规划提灯引照。然而，轻便铁路却是1997年以前以殖民主义之名临门一脚并成功破网的基建工程，苦害多少新界西居民；它的价值更在西铁通车后，沦为交通工具。法国社会学家布尔迪厄（Pierre Bourdieu），坚持社会地区对个体或群体习性的形塑和建构力量。他尝试从摄影作品，分析法属殖民地农民生活方式，"分析教育机制如何再生产社会等级的区隔，使支配权力合法化。他揭示符号形式经掩盖结构形塑的不平等，即不平等的经济、政治权力分配等级。"（张意：《文化与符号权力》）。文化趣味的区隔，实际上反映了一种权力关系。

地产商的"搞乜鬼习作"

"银座"这名字,恰是地产商生硬安置于"天水围市中心"的高尚商住符号:到底有多少天水围人到过日本银座购物呢?可幸的是,它未至于隔阂天水围中产和基层这两大阶层(据笔者观察,倒可期望拉近两者距离,实在是无心插柳,篇幅所限,另文再论)。我们目下的日本地名,无论如何打造,也不外是一场继轻便铁路之后又一"搞乜鬼习作"(电影名)式的荣誉巨献,叫人啼笑皆非。

用马孔多这个象征"魔幻写实"的小镇来比较天水围,不难发现两地之间竟也有"期待冰块"仰慕文明的向度、有待再开发的共通点。我们就算好好布阵以招回弥敦的魂,也难在天水围有所作为。

在人行道中央停靠的警车提示青少年警察会"不定时巡逻",如此滑稽剧式的表现,就是提醒我们"魔幻写实"的真实存在。而日本地名的"搞乜鬼习作",放大来看,倒也反映香港地产商这文化消费者的社会等级,如何塑造这座城市的品位。银座,是个明明白白的卖楼"符号资本",也是个过气卖点。弥敦精神意志帮不上新界小日本。至于谁来再规划天水围?不如问问戈多几时赴约。

在这里,有一段小插曲:银座倚邻一个经常翻新而久未见其新貌的天水围公园,中央有个水池,流水漾起铁锈色泡沫。有个穿卡通熨画的小孩疾驶单车,从天水围中央公园驶进银座,经过那辆警车。在旁的保安,嘴巴对准扬声器劝阻:"请勿在公园范围内踏单车……"公园不许踏单车,银座也不许踏单车,就是天水围小孩其中一个烦恼。

大近视——香港文化蒙太奇

请还天水围一个名分

天水围又架起小帐篷,稍露于帐篷外的小肢体,唤起悲情旧调,全城谬论满纸,谁再代天水围人伸出求援的手臂叩响政府大门,另一只手则隔靴搔痒?多谢了。请先收起增加社会福利、公共设施诸类废物意见,人性之光也不必为此燃亮。

2007年5月,有社论指"天水围属于香港的贫民区",什么是"贫民区",怎样才算"属于"。2004年有立法会议员认为政府应投放更多资源支持"高危小区",得出如此论述乃因该年天水围刚又发生悲剧。什么是"高危社区",谁才是标签的始作俑者?报载,一辅导机构于2006年访问该区过千名小学生,过半数"曾感到不开心",近半原因是家庭问题,遂设立服务热线供六至十岁小童求助——假设初受教育的小童感到不快乐,便会向陌生人(接线生)完整地表达自己的情绪困境,这算是什么支持。

"贫民区"、"高危"、"设施不足"?

天水围并不是悲情小区,而是香港政府的小区发展教科书。请翻阅这一页,曾荫权特首曾经说:"我同意天水围是一个我们自己以往遗漏了,做少了;刚巧天水围的发展,就是我们当时经济差劲的时期。"让我们读读前几页，看看特首所说的"刚巧"到底是怎么一回事：天水围 1987 年始填海，1992 年居民入伙第一邨——天耀，调迁居民大部分来自屯门区。1999 年，有议员认为该年施政报告"尤其忽略对新来港定居人士在住屋方面的承担"，更认为"政府必须增加兴建公屋单位的数量，以缩短公屋的平均轮候时间"。好了，政府承担了，又如何？2004 年方有城规会和议员建议限制天水围区"未来所有建屋计划的地积比率"，政府竟有能力于短短五年内（或更短）调整公屋入住要求，"喂饱" 11 个公共屋邨，点到你唔服。原来这就叫做"刚巧"，原来户口编配失当与"经济差劲"有如此重大的关系。

既然我们有议员认为"新移民比例比较高，家庭平均收入及学历较低，区内资源分配不平衡，令有需要的人得不到适当的支持及服务"，那么不妨回顾该区教育界的二三事。在前教统局所掀的杀校风潮中，几乎只有天水围学校收生过盛，适龄学童人口惠泽元朗区学校。新家庭力量满足了该区、邻近地区的教育供求。所谓"悲情小区"，学校有大量资源让新移民学童课后留校愉快补习；小区中心随处可见，家庭托管服务资源开发，大大集中于天水围区。设施不足？按既有的新市镇规划，人口达到 28 万方配置泳池，天水围人口呢？才过 26 万，泳池却早建好。公立医院？北区医院于上水、屯门等主要公屋群落建成后近二十年才建成。区内没有就业机会？香港有哪个新市镇能在 15 年内实现"自给自足"的神话。据统计署最新统计：在 320 万个职位中，近八成职位集中在市区。

最需要认同感

政府和传媒仍未摸清，新移民家庭极需文化认同感。回想孕妇来港产子掀起近两周传媒报道热潮:防止内地妇女来港滥用香港医疗系统产子……大家怎样看待这批"新新移民",情理偏颇如何、冷暖人情如何,不提也罢。传媒仿佛在教育我们:医疗和社会福利难以与"外人"共享。新移民家庭会因生得合时而不禁窃喜,还是会因传媒掀动歧视暗涌而惴惴不安,无须深究;政府、议员们看待新移民课题显得如此措手不及,则败露他们粗枝大叶式爱国教育,连最根本的工夫也无暇做好。新移民可不是人人皆来自深圳!他们有自己的故乡,他们有自己的前半生。每个新移民都有一个故事:与港人结婚、怀孕、诞下新生命……新移民的人生,也是人生。

小区到底在哪方面出问题?政府、议员们没交足功课?发生悲剧便伸援手?港人排斥外来文化的基因作祟?断不是资源尚未送抵这问题,也不是因为社工不足、求助热线无人接听……而是:

我们有谁愿意聆听他们的故事,了解他们的需要。天水围新移民、少数族裔等居民数量,该不比土生土长的香港人为多。新小区居民来自五湖四海,政府面对如此一个由屯门区居民、深圳／蛇口／汕头／中山……移民、在港土生土长的印巴籍居民等组成的"偏远新市镇",居民不单长期被视为"被遗弃的社群",就连自己在港的身份也随时受各方考验,遑论了解领取社会福利途径。

双重否定句

各位读者,请于广播黄金时间打开电视机,除了看到"十岁啦～"回归广告,还会看到一群年轻人在打排球。那是一则政府广告,它在教育领取综援(一种福利制度)人士,别依赖综援,要尽早自力更生。你可以问,这算是什么社会福利推广。倘要花这笔资源教育长期领取者振作起来(假设这类人非常乐意领取),怎么不好好想清楚,为什么社会福利看似完善了这么多,仍有天水围人受生活所困?还有人认为增加社会福利资源等于帮助有需要居民?

我们难以原谅那群以偏概全的"高危"、"悲情"命名者,竟把天水围归类为"贫民区",议员和传媒仍需继续补课。记得曾荫权特首说过:"天水围并非一个没有希望的小区。"他无意中运用双重否定句,含意或有两个:一是督促大众传媒好好了解该小区才报道,免除既有的标签效应;一是以语意体现自己身受其害,如同广大市民,被许多悲剧感召,情理失调,只能透过传媒去了解天水围,忘记自己大有条件,主动调查潜在的、需要领取更多社会福利的居民,还天水围一个清白。区议会选举在即,希望有天水围议员,把握改善小区形象的机会,编好这本小区发展教科书,呈交特首。

天水围日与夜

资、物价和时间，天水围人乘车到南山城，比乘轻铁到元朗更省力（请紧握扶手）、省时。确有不少主妇专程到深圳买菜、购物，也有不少南山居民来消费（包括到诊所看医生）。

上学、上班疏导人潮的巴士每天限时出航，新天水围人的地标除了银座，还有西铁站。数分钟便可直达元朗，20分钟可到荃湾。

周三夜马

酒店商场每逢赛马日，赛马男依足传统，把报纸卷好便出动。

投注站楼上的图书馆

商场管理员发现笔者时，以"保护商户"为由，阻止拍摄。笔者说明用途，并尝试以图书馆的公共性质跟他理论，唯管理员坚持：图书馆也是他们的商户。得出

深港交流

通过深港西部通道自天水围出发只需8港元（新屿巴的B2巴士），需时13分钟；过境登上公交车直往南山城只需2.5美元。由西铁站乘轻铁前往元朗买菜或购物则需约4美元，车程（连等候时间）约20分钟。量车

如此悲凉的可笑结论,笔者只能为这小区辽阔无垠的商户(竟然包括图书馆)空间高呼万岁。

关于交通津贴

现任区议员成功争取西铁月票优惠延至 2009 年。该月票计划,由用者于月底或月头付款 400 港元,在八达通登记后,可于该月免费乘搭所有西铁、轻铁和巴士(K 巴)。新界西居民,最远可自西铁沿线免费转乘 K 巴南至尖沙咀东部,西至屯门黄金海岸。

金曲倒数

第七至第五位

邓丽君

千言万语

如歌名,面对爱人总有欲说而老像说不完的话。请别想象我辈听老歌,是因当今有"邓丽君代言"之称(现为酒店大亨的刘家昌亲自加冕)的容祖儿现身慈善秀也唱一两句小邓。犹记得死讯传出后全球翻唱小邓之风潮,更有群星拥进宝丽金的集体微波炉,翻热之势不无罪过:谁能唱出她的风韵来;或说:有哪个歌手,拥有她的敏锐。

此说并非贬抑任何不擅唱小邓歌曲的歌手,也非尖刻地把大家堵进无可替代论。我们不妨温习小邓在此曲的唱法。启首"不知道为了什么"的"不"字是双唇爆破音,唱前嘴唇通常先会锁紧,"不知道为了"连气送出,随节奏稍顿再唱"什么",而小邓双唇较薄,同歌唱感情一并送出:那是对情感那不确定特色的疑虑。

"我每天都在祈祷／快赶走爱的寂寞"并非唱出少女直率,而是寻求答案的激动:"那天起,你对我说,永远地爱着我。"转音处有"天"和"对"字,"永"句除了"着"字没有转音,其余都以小邓风格灵巧带过。她无意间作了个情感隐喻:爱意的转换流动。女性叩问不绝的温婉机关以退为进,获得最后胜利:"千言万语,随浮云掠过"其实是一场爱情语言的物理升华，随云而飘散。关键在于"掠过"所唱出的无奈感。

讽刺的是，连刘老师的评价也渐渐贬值的年代，我们还能怎样理解摄走听者灵魂（甚至青春）的人声？一般人总着迷于她的歌音，《千言万语》只50个字，谁认为歌词文字有多大的文学价值呢？小邓的能耐就是：能深入歌词与曲子的核心，让人重见语言力量的各个可能。这也是尤雅所述，当年与小邓同属一公司时，被编唱快歌（小邓全编慢歌）而心服口服的原因吧。

周璇

永远的微笑

《何日君再来》虽由李香兰也在滔滔翻唱潮流之中，邓丽君又凭曲子掀起自己的热潮，甚至曾在日本舞台上清唱演出，却也抵不过我对这首歌的钟爱。众所周知，周璇视陈歌辛为师："听陈先生讲话，感到是一种享受；唱陈先生的作品，感到十分的贴心。"陈歌辛才貌无可掩蔽（相传他男高音可唱至21度！），音乐血脉更延至陈钢——《梁祝》协奏曲其中作者，以及陈东——著名男中音，曾到港演唱父亲作品十首。

周璇身旁确又不乏才艺高超的人物：戴望舒（《初恋女》）、端木蕻良（《北平来》）、陈蝶衣（《歌女之歌》）等，以歌曲结交诗人、作家的流行歌手，织成一个30、40年代的立体老上海。大部分周璇歌曲皆由陈氏创作，而这歌曲词更由他一手包办，句句祝福："愿你的笑容，永远那样。"凝定的美态，恰如我辈所接触的周璇：永远的微笑。如果爱上周璇而没爱上陈歌辛，此爱，是枉爱了。钢琴、弦乐作小型协奏（感谢老歌粉丝朋友C传来MP3），比《何日君再来》的手风琴配乐更丰富。如说小邓模仿周璇，相信就是模仿她演出的从容与转音的轻巧：首节"太阳"的"太"字、末句"那样"的"那"字转音有四。

歌词共97字,句句情人劝勉"不要悲伤","我不能够给谁夺走仅有的春光"的宣告,可说是"上邪"温柔版。最为悲壮的香港翻唱,可说是1989年黎明、陈松伶合演一出改编自周璇身世的电视剧《天涯歌女》,松松姐姐因剧推出首张个人专辑,翻唱周璇,效果如何,毁誉参半,尚算唱红一代人。

李香兰

夜来香

山口淑子（李香兰）的身世，是一部长篇小说。这个日本侨民在10岁那年，于火车上结识了俄罗斯少女柳芭，自此成为好友。其后，由柳芭家的歌唱家朋友教她唱女高音；因老师一个独唱音乐会，电台无意间发现这女高音学生，遂录用为歌手。二战后，她被认定为汉奸，曾坐在审判叛国者的席上受审。是柳芭，在李香兰面临政治审判的生命危机，找来山口淑子的日本户籍证明文件，救了她一命。

音乐才子陈歌辛长子陈钢在一个访问中，提到黎锦光创作这歌的经过。一晚，黎锦光在唱片厂工作，想推门窗透气，情由景生，不觉便赞叹起来："好一阵南风吹来清凉……"然后，他以这句话起首："那南风吹来清凉／那夜莺啼声凄怆……"写就全首词，才谱上曲子。许多歌星都读过这首曲子，觉得不适合。有天，李香兰到访，自纸篓拨出这歌，读着歌词，唱了一次："……月下的花儿都入梦／只有那夜来香／吐露着芬芳／我爱这夜色茫茫／也爱那夜莺歌唱／更爱那花一般的梦……"快板曲子幅度大，偏又以"江南小调"作基础，更有人认为，这慢伦巴曲子多少夹了爵士乐元素。自此，她就成了这歌的原唱者。

歌词咏物，要唱出拥它、吻它的姿势，唱出为它歌唱、思量的情意,容易俗套;要让听者自声音联想眼前有花袭来香气,即要听者以歌"通感"(听觉—视觉—嗅觉),也难怪众歌手都把它投回黎锦光的纸篓。

小邓也曾翻唱这歌,可她不如李香兰般,备有传奇故事作附注,恰是所有老歌翻唱这等"以意逆志"式行为,总不比"知人论世"式的作者论吸引的原因。

谁才是中国语文反动分子

大近视——香港文化蒙太奇

——潮语热潮下的伤痕社群

侧闻会考题型耳目一新，最具创意的潮语题巧与《潮语学习字卡》（YMCA资助之"自发作"，Kubrick出版。以下称《卡》）相映成趣：前者由考试局名义发表"叛逆作品"，后者由在职老师参考学校教材创作个人作品。有人厌恶"潮语题"中解错字词的"恶行"，受考核者实时团结自强：2008年5月2日应届会考生穿黑色衣服赴考英语（或者他们读过叶辉在《书到用时》提过的《一件T恤就是一种态度》），翌日如是。香港考试制度并非首次受舆论批评，今次由学生亲自领军而非传媒，则属罕见。

有人误以为这股联结力量来自网络（如Facebook），却忘了比网络更容易联结的手机：该段SMS说明他们发起"学生运动"的主因，是占分比例"失衡"，以及今年独具创意的考试形式；考生在网上讨论较多的是《春江花月夜》之难和潮语题之不恰当。有老师接受报馆访问"潮语题"时指出，此题对不谙通俗用语的考生不公，许多考生也在不同途径表达"试卷不应采用通俗语"，说法竟与该老师不谋而合！教者与受教者也不希望"城市惊喜"会在试卷中实践，如相关部门接纳意见，试卷岂不走回头路？

本可屈机却赴潜水

先谈一个巧合:小说家俞若玫在《星期日生活》中访问《卡》作者苏真真,碰巧大部分会考生怀着不满情绪结束中国语文科考试,同日两则报道打个照面。俞对苏真真视《卡》仅为向大众推广俗语、希望更多人关心俗语之态度颇有保留;俞若玫固然也有小说家的语言态度,对俗语也有认识(她近年在多个老区长年观察和服务),眼见身为教师的作者明明踏进这辽阔无边的语言世界,却只站在边缘观之录之绘之哂之。

苏本可"屈机",却忽然停手让赛"潜水"去。苏只差一步,便成为这方面的代言者——倘若"革命"成功,看待潮语之认真如彭志铭的《正字正确》,他便成为教育界首位正视次文化语言且身体力行的语文教师,可趁此事件担当力撑考试局的"反派"角色?此言非无根据。苏曾在文化人邓小桦的电台节目中,细述自己在学校正学习小学生每天运用的"潮语",然后收录起来。语言权力忽然高难度180度转体,并由苏亲身实践。

更有趣的是,推广俗语之举竟由考试局无意间一锤定音,消解了苏的良好意愿,这股语文反动力量由此而灭。

学者马杰伟在《潮语不潮》提到俗语生命短促,不无道理,可是苏《卡》特别之处,不是看待语文的态度,而是演释语文的方法。在《卡》内有不少画作也由他构思和绘制,并邀得年轻画家陈灏堂参与制作,两个潮人在"字卡"(应叫"字词卡")这媒体上呈现,我们应当视之为创作,而非语言学研究;相关部门所采纳的俗语虽有误解,考核的重点也非要考生钻研,那为什么我们不许考试局也来发挥创意?今天,考生竟与老师站在同一阵线,对抗那个渐见进步的考试模式;考生变相希望自己可以退步,最好有法可依,考的每年一样?

考生又如何理解这种语言活力？考试局被誉为"玩嘢"之作的潮语题言之凿凿，看似技"削"一筹；说穿了，潮语题要考生评价海报用语确当否。考生只需分析海报作者是否在特定环境中运用恰当的语言，判别及评价语境。

两代思维战

据教育局颁布的《中小学中文实用写作参考数据（试用）》传播活动可分三层次：知晓、态度和行为层次。该文件含各类考核范围的实用文文类，几近无所不包，上述三个层次同时提及的重点是：须有适切的语文实践，拟定传播对象，信息才可成功传播。试卷内的海报传播对象，明显是丧浮（乃正字，音蒲）人士，难道在海报念诗不成？师生因何指控它不恰当？

那些"不该"指控最不可思议的是，仿佛暗示大家希望相关部门依旧春风，最好来个容易作答（沿用去年）的形式？

师生竟未有细察，诉之"不该"理由，并调侃相关部门乱用潮语，难以让我们理解："新课程"推行至今，难道考生仍没能力分辨受考核的学习重点？教育工作者对语言的执著态度我们当可理解，老师如真有语文洁癖，倒可体谅——这也是他们授业解惑的适切语境（教师可不是人人苏真啊）；纯粹为语言纯与不纯而发议论，则不够谨慎。

我们会问：考生在这五年内修读以能力为单元导向的中国语文，面临多项选择题和潮语题时，竟不知题目所考的学习重点如何？这批考生被"屈机"的现象愈益明显。如果这是考试局与评议考生的一场象征两代思维的战争，考生在未理解题目前，败阵必定不止一次，而是一生！

清醒吧！会考生

考生把抗逆原因建基于考试形式一反习惯之大变。为什么大家有此绝地反击？我们可以想象他们经年累月所受的教育，到底是什么样的教育：学校、补习社等教育机构，是不是皆以首年试卷形式评核（早于2003年颁布试行版本）考生语文能力？他们经历大半个中学生涯后，才发现名不副实？

"考试不是赌博，不是游戏，眼见十万名会考生被把玩于考试局的掌心之中，岂能不团结一致？！"没错，考生开始理解自己的现况：在考试局的掌心。可是，他们为何以为考试局一成不变？如欲更了解"掌心状况"，应否尝试理解传统语文教学的评核？

尽管考生尚未理解行动对教育界的意义，我仍认为"黑衣行动"是有必要实践的。这是首次由香港中学生亲自发动的抗议行动，由这群最受束缚的年轻人主动表达自己的意见，由这群深切感受相关部门创出不再拉 curve、多劳反而多失的"语文天才试"，反省香港语文教育需要什么。

我们该顺应世态还是重读经典？

我们该观察香港教育某种意识形态的落伍（仍停留在上世纪初至七十年代的行为主义和认知主义）？

我们该如何面对，表面上鼓励学生发挥创意、实际上由相关部门自我实践创意的语文考试？

这正好实践了建构主义中，学生主动地建构知识的学习过程，在新旧经验之间获得更大启发，引为新用。

经此一役，我大胆建议考生成立"中学生语文能力自强协会"，课余翻阅报章，查找语文高人的错别字和不足，定期出版指正时人语误的刊物，真个"书到用时"：到时，大家还怕他有牙？"黑衣行动"

是考生自我认知的重要过程,然则,潮语题之争议,在这行动面前,看来已没有讨论的余地了。

> 应届会考生的抗议行动消息传到我手机,SMS全文如下:"绝望黑衫行动"各位2008年度会考生们!本年中国语文科会考卷一出题形式突变,大部分竟以选择题形式供考生作答,占分比重亦见失衡,实是有把应届会考生作白老鼠之嫌!在此希望各位于五月二号及三号出席英国语文科考试时穿上黑色衣服,表达对香港考试局的不满及绝望!考试不是赌博,不是游戏,眼见十万名会考生被把玩于考试局的掌心之中,岂能不团结一致!?请同时转寄予其他会考生并支持行动!!感谢:)
>
> 2008年香港中学会考中国语文科考试评论的回应 wwwhkeaa eduhk/doc/2008_04_30_CE_Chi_Paper_5pdf

业余
长跑家

——陶金耀专访

在上班途上,谁都是业余跑手。人行道上追赶一辆打灯离站过海巴士男女子组 50 米赛跑,金钟月台上跑往对面地铁车厢男女子组 30 米赛跑,都是大部分香港人的经典田径赛。谁越过巴士上或是月台上的黄线,谁就不用怕老板无处不在的神奇监视眼。大家都为时间而跑,演活一出又一出通俗励志电影;返回工作岗位,指头在键盘上疯狂舞动,嘴巴在会议室疯狂吹水,就是大家的"运动项目"吧。说到底,若不是近日马拉松掀起传媒马拉松式的热心报道,我们也没机会认识这位经验老到的业余田径爱好者——陶金耀。

2:58:57

采访当天,香港业余田径总会不许我们进场拍照。耀哥就站在湾仔马师道运动场门外,接受我狼狈式访问(他还替我拿着录音机)。"跑了 15 年,只为了等待 best time 的来临。"他提及自己的最佳时间,"温哥华那时间是最靓的。"多得田总关照,我才有机会看见这个跑手的潇洒——他单手抽起背包,抱在胸前,拉开拉链,掏出两张个人纪录纸,指往一个看来平平无奇的 2:58:57,却竟是他平生以来跑得最快的纪录,创于一项在加拿大 30 公里马拉松赛事。

自 1997 年起,陶金耀参加过

午间新闻

44次世界各地的马拉松赛事,包括美国、德国、法国、俄罗斯、日本、泰国、韩国、新西兰……真的吓呆了。这些纪录没有注明赛道距离。在他看来,"马拉松精神"就只有"完成"这两个字:"完成的时间贴近自己定下的目标,已经很好。其实,跑马拉松不是跟别人比较,而是跟自己较量。"我再看看他的纪录,每场比赛都不超过3小时40分钟,我想说些话,他却先说了:"记紧,别把我写成职业跑手,我只是个业余的。"他见我低下头写笔记才放心再谈。

买一双鞋就可以跑

"初学跑步的人,以为这只是保健方法。SARS后,大家都注意保持身体健康的方法。跑步确有这功效。在球场上跑步的人因此增加了不少。"陶金耀体会颇深刻:"你看!这几年就有这么多人在跑。"他指向我们刚抵达的小西湾运动场跑道上的男女老少:"你看那个人,他放轻松了,可能是个有经验的跑手。我们完成赛事后,就像他这样多跑一段路。"晚上七时许,这个在港岛尽头限时开放的运动场上,就有这么多业余跑手。

耀哥一跑就跑了15年:"记得我初学跑步,都跑十公里区际赛——只是小型赛事而已。"当年市政局举办区际的、18区的长跑赛事,他参加了不下50次。他不讳言,当年跑步只为争胜:"你问我有多少奖杯吗?大约50个吧。"他又再强调"小型赛事"。听后,我不敢说我曾是个跑步的。

他自小是个好动分子,学会跑马拉松以前,总有一两项喜爱的运动吧!"小时候我也踢过足球。足球讲团队精神,约人麻烦得很。若说篮球也如是,要凑足一班人才可以玩。何况他们也易起争执。跑步容易,买一双鞋就可以跑。跑步的人像是很孤独似的……但至少我未见过有人为跑步而打架。"他笑了一笑:"我们就经常见到球场上有人打架啊!"我下意识瞄瞄他双脚,看看他的足球生涯是否有迹可寻;再看看他笑起来现了皱纹的脸,猜想这可能已是20、30年前的事了。

对不起太太

"你问我今年多大岁?你猜猜看?"我怎么敢猜呢?见他瘦削的身型,再看看自己怀内足有五年的小肚腩,刚才还给主编海伦小姐用怀疑自己遇人不淑的语气问:"你做运动吗?"滴汗——这毕竟是"什么人访问什么人"吧!我确实是没有做运动的恒心。耀哥终于开口:"我今年45岁,住在屯门,有太太,有孩子。孩子才2岁。"一个有家室的业余跑手,如何分配他的时间呢?"这些年来,每逢休息日,我都去跑步。老实说,我陪家人的时间不算多。太太不是跑手,也曾跟我一起跑过几次。"提起陶家,

他一脸不好意思:"我可不可以借这个机会,跟太太说对不起呢?"为自己的兴趣而活,活得这么自觉。他知道公路上除了时间和距离之外,还有家。主编海伦小姐很好奇地问:"想过为跑步而放弃工作吗?很浪漫的。"这是陶金耀回答得最快的问题:"不了。以前想过,不过现在有了家庭。有稳定收入是很重要的。"主编海伦应了一句:"哦,不浪漫了。"

运动是一场误会

许多写手都拿香港"三不"(不关心政治、不运动、不阅读)诸如滥觞陈套的论述来做文章,陶金耀就是没听过。在他眼中,就只有家庭和马拉松。不论赛事由哪个国家举办,只要是可以请假的,他就会在那群跑手中出现;他们是不同国籍、不同年龄、不同身份的人,跑在同一条路线上,有的代表国家出赛,有的则像陶金耀一样:"我跑,

是为了替自己记录时间。在跑道和公路上,我常看腕表,比较自己的过去的成绩。"参加一项赛事,原来可以这么简单。

完成一场赛事,便参与下一场赛事。那么,几时才会停下来呢?"80岁左右吧!像每年跑渣打的叶伯,今年84岁,还在跑。"叶伯吗?他好像没完成赛事……今年他跑到一半,就被人送走了,不知所终。"听朋友说,他健康没问题,应该还可以跑的。不知道为什么……"到底是叶伯半途撑不下去,还是被人强行送医院呢?跑马拉松是个人的事,还是举办单位,甚至是社会的事呢?谁来判断哪类人适合跑步,哪类人不适合跑步呢?这答案看来像叶伯那段轶事一样,永远是一个谜。我们只知道:如果马拉松精神是"完成",叶伯的尚未完成,或许会成为他一生的遗憾。谁为他带来这遗憾呢?运动嘛!在香港向来是一场又一场的误会。

时间和距离

他的视野尽是距离和时间。在这个万事讲求高速的城市里,马拉松培养了陶金耀一种与众不同的观察力:"从北角到红磡,游过维港大约两公里。"788号巴士在东廊疾驰,他往车窗外看,说了这番结束语。

> 陶金耀,十几年长跑跑龄。开始时在球场绕圈,愈跑愈上瘾,现时定期每周放工练跑两次,每次一个多小时。自觉爱上长跑后做事比以前坚持,但要举一个例子又说不上。虽然认真如此,却没想过要做专业跑手,觉得自己不是材料,于是将长跑当成生活。(海伦)

都市闲情

大近视——香港文化蒙太奇

民间疾苦不是想象出来的

——填词人黎彼得专访

猪肉是可敬的。今天,它赫然成为通胀代言者,连它自己也感到震惊。看!它又晃动了!价格连同脂肪震动得如此滥情与沉重:君不见达闻西(罗家英饰)如何把一块本来早该卖光的猪肉挂回银勾?猪肉零售的荣哥们,其实也是受害者;尽得利益脂肪的只有批发商,他们每天应付投标的手臂,拍卖前故意抬高价格,已不是新闻。

可悲的是,投得者竟冷冷回应:"这是利伯维尔场。"暂且不提批发商如何从中炒卖猪肉;某超市以"利伯维尔场"作盾的言论,我们该赞赏他们刺激通胀有功?该鼓励他们继续用猪肉来交换人的良知?以高价投得一团肉,满腔猪味者原来也该高调摆他这姿态吗?沾沾自喜者何时才不以本伤人?令人齿冷的新闻一宗接一宗,比寒冷天气警报还恐怖,谁不心寒。

《加价热潮》《天才与白痴》作者碰巧主编海伦周四来电,提起想约黎彼得,问我有没有听过他的《加价热潮》。家父、家母偶像正是 Sam Hui,有哪些歌未听过。黎彼得答应主编海伦,也答应我了,便邀我们到他家做访问,刚巧余慕莲同时登门造访,要交他一些粤曲光盘。善良而可爱的她多番强调:"他只是我的好朋友啊!"嗨,怎么了,难道以为我是娱记吗?

猪肉是我们第一个话题:"以往人民币兑1.5,今天则兑0.9,猪肉自内地进口,加上由批发商开价,不难想象。"《加价热潮》调寄50年代Rock Around The Clock,由Max C. Freedman,James E. Myers作曲,是12-barblues-based的歌(吾友陈某说,这是标准的蓝调曲式)。那时美国这种音乐仍属地下音乐。

"跟阿Sam合作之前,大约在1969年?那时我背着贝壳(壳牌公司)揸枪(油枪)搵食……"以第一身体验民间疾苦,看来是他一直以来的灵感缘起:"一样加,百样加。当年港英政府予人印象是来抢钱的。想来,其实只因经济起飞,物价随之而起,也是很自然的事。不过,那时大家总有点怨愤似的……"提起最近两铁合并:"看来是减,但决定权不在我们。现在,大家暂只顾眼前的(优惠)。"物价高涨,便是将来最好的加价理由;谁应付高昂生活费,谁吃最大的苦,还用问吗?

黎彼得考获驾照后,便去做私人司机:"际遇就是真理。当年,老板的儿子邀我同往饮茶,说有人读过我报上的文章,想认识我。那天,是我和阿Sam第一次见面。"至于他怎么能成为报上作者?"我九岁死父亲,阿妈疯了,读书读到小学,10岁就跟阿妈卖报纸搵食,每天也读遍所有报纸。我什么工作都做过……"有天,他忽然投稿征文比赛,获奖后一直有作品发表,后为专栏命名《柴可夫司机》。黎彼得闪现招牌笑容:"皆因我确实是司机嘛!你看你看!"他拿出一神秘粉丝送他的剪报册(齐备黎彼得历来文章):"这句出自唐涤生。我最爱唐涤生和新马仔。"有好些文章甚至全手稿刊出!还有大量调寄不同名曲的新词,入粤音之精准,林夕也借过。

"我比阿Sam见更多民间面

貌""为什么阿Sam找我呢？"他打趣说，"可能他曾指着报纸说：喂呢条契弟又写得几好睇喎。"因报上文章而相识，多可爱的70年代：《加价热潮》是当年低下阶层心声。我比阿Sam看得更多民间面貌，因此我写许多许多通俗的词。"他给我们看看合照，竖起拇指："这人很nice！"我提到最近一本关于Sam Hui的书，问及"粗俗"与"通俗"："或有人认为这个人怎么写得那么粗俗的东西来。"这是通俗，不是粗俗。采访前，我确实以为黎彼得粗俗，却竟斯文大方，不时展现鬼才笑容。再说，粤音有九，要粗俗的话，相信比要通俗更难：

烟加酒加屋租加
巴士加的士加多士芝士也都加
加加加加加加加

那时他虽是个常跟富人接触的"柴可夫"："不也是到云吞面店几大整碗先算？"他用膳多在"人间"："再说，我是卖报纸出身的。什么叫民间疾苦，你以为是我想象出来的吗？"物价一加，最获益的当然不是商人："不又是我们这些升斗市民？"题材可谓俯拾即是，这方面他的确得天独厚：

糖又加　盐又加
成日咁加任佢话
其实无他
你住人屋宇下
佢梗收买路钱拿两咋
买佢怕买佢怕要加就加总之惯啦

柳永当年不也是收取歌伎金钱，替大家写女子心声而已；俗，只因词之用。历代词人无不代言，唯独黎彼得，能以基层身份写基层观点，恰也是《加价热潮》历久常新的理由：

牛油又加　蚝油又加

燃油又话每卡七个六
其实无他
佢石油多到极
可惜真金白银贬晒值
无法啦无法啦佢加就加
都由佢喇

陀累全家
靠份粮点够食
卒之榨到豉油都无滴
够啦卦够啦卦
咪枕住加
喂好啦卦

　　讽刺的是，那年歌词写油价每加仑七个六，现实是六个七，为合乎音律才倒置二字；不料歌曲才播放，油价真升至这个价位！调寄物价无情急升的年代，倒是恰当合宜："我听这歌时，觉得很过瘾！"原曲也与数字相关，到黎彼得手上，再与Sam Hui拍档，火花可想而知。倘今年加薪未追及通胀，歌词"真金白银贬晒值"又应验了。黎彼得掌握粤音九声的精准贴近，前无古人：谁想过连茶叶渣也能入乐，真个"腐朽化神奇"！

　　歌中不无赌气话。商人要加价，民间最大话语权，就只有歌。他与Sam Hui合作之前，已写好《天才与白痴》："这歌曾被禁播，不久又解封了。《加价热潮》也曾有个版本，70年代嘛，大家也受英国人的气，当时有句赌气话，免得又起风雨，还是没套进去。"今天，还有人（敢）写赌气话吗？时代再不需要这些歌了吗？

红豆沙　茶叶渣
全部要加惨到极

时时话加　年年话加
无尽咁加赶到绝
求助哪吒
我望能生对翼
即刻飞上月球再揾过食
冇有怕　冇有怕

佢加就加
拜拜喇

与他另一作品《天边一只雁》不无呼应处。黄霑曾问他,为什么不去做可以成名的事。"我太早睇通(看破世情)。这叫付出。"他"消极思想,积极行动"的"一只雁"哲学,实践时曾受不少朋友质问:"阿发仔(周润发)问我有没有失望过。我说:本来没有希望,又怎会失望。"本无所谓,也无所憾。因此,温拿当年的电视节目主题曲《温拿狂想曲》:"今朝等到依家,啰啰挛老想着……"许多人以为它出自黄霑手笔。他还写过婚姻(《卖身契》)、妓女(《尖沙咀 Suzie》)、择偶(《十个女仔》)、饮食(《佛跳墙》)等,最满意的当然是情歌了。词人今天归隐林泉,偶接通告开工去,又应汪阿姐邀请登台唱曲,或到老人中心做义工,即席献唱,更常常跟好友夏雨、干儿子黄宗泽三人行,到处吃喝,乐得逍遥。至于《加价热潮》跨世代悲剧的重演效果,油价与猪肉混出的化学作用等,或已不是词人再可预测了。

> 黎彼得,传奇半生,有个很有钱的叔叔,粤剧名伶靓次伯,但他更喜欢新马仔,爱其戏剧更有情有义。10岁卖报纸,后自学驾驶汽车做司机,一次投稿征文比赛,展开业余笔耕写尽草根生活,后被许冠杰发掘,自此成为一填词人,时至今日仍收到远至巴西唐人街过年播放《财神到》的版税收入,他的《加价热潮》近日更再次响彻云霄。(海伦)

强哥的胡士托

——强哥专访

家父强哥生于1951年冬。1969年夏,胡士托音乐会进行那年,他才成年,算是与胡士托曾经擦身而过。Joan Baez、Joe Cocker、Janis Joplin、Johnny Winter、Richie Havens、Country Joe McDonald……对于这些名字,他还算是有印象的:"这是后来的事了。"强哥像一般少年,仍未算是懂得听好歌,对那款年轻猖狂而又带有社会意识的counter cultural认识也不算多,只因当年身在此山中。

70年代,他和普通青年一样,束长发,穿喇叭裤,吸烟,潜入朋友搞的舞会结识女生(他在那里结识家母)。在那年代,真空管机(俗称"胆机")比原子粒机还要便宜,于是连同收音机各买一部,兼养两个喇叭,放在印花厂,一边工作,一边播歌。强哥在那年纪对事物的追求往往是逆向的:他先买了这批音乐工具,才开始认识好音乐。而当年的好音乐,大都受胡士托音乐会影响。

这逆向追求有个好处——胆机和优质喇叭,为收音机每天下午五时播放的英文歌时段,协奏出"高音准低音甜"的境界的曲目。"当年许多人点唱,大家都写信到电台。有时要等上几天,才轮到自己。"他忘了自己曾否点唱,或是怕公开这项数据,会被老婆大人审问吧。

长沙湾是当年制衣业重镇。他在工厂打工多年,在这楼层只有他敢放声唱歌:"只是随口念念而已。"许多同事都被逼听着,没人敢作声,除了因强哥当真是位歌唱天才之外,还有更实际的原因——毕竟,大家能在工作时间享受优质音乐,多亏强哥:"我们多在新界居住。老板安排了床位,就在我们工作的地方寝食……当然,音响组合是我买的,听什么也是我拿主意的。"当年大家生活水平不高,没有同事像他一样,勇于追求听觉生活,包括日后购置的黑胶唱盘及大量欧美黑胶唱片。

家父强哥和我都错过了胡士托,只因我们曾一样年轻。自Youtube补充了Country Joe McDonald的胡士托Fish Cheer版本:give me an F/give me an U/give me an C/give me an K/What's that spell?/What's that spell? ... yeah, come on all you big strong men/uncle Sam needs your help again/he's got himself in a terrible jam/way down yonder in Vietnam/so put down your books and pick up a gun/we're gonna have a whole lot of fun/and it's 1,2,3, what're we fighting for? /don't ask me, I don't give a damn/next stop is Vietnam……(我当然没让他听这个现场FU前CK后的版本)美国男生都放下书本,执起枪械……"越战吗?"我提起这首反战歌。他这样回答:"起初我们也有点激动的,电台也会播放宣扬和平的歌,后来大家都习惯了,(电台)便少播这种歌。"他形容当年这场是美国和苏联用作试验新武器的战争,而我们所见,胡士托最美好的片段,看来就是高唱这首歌吧。

香港确因胡士托这音乐会,令不少英文歌流行起来:"其实许多广东歌都耳熟,知道是改编自我曾听过的一些英文歌。摇滚那种被改编得最多。不过,我不记得那是什么歌了,今天如再听,会认得的。哎,这个我认识不多……"他对英文歌演绎信心不大,自从迷上林子祥和许冠杰后,许多英文歌也只停在记忆中了。胡士托音乐会上,席地而坐的青年都跟随歌手歌唱。而强哥的胡士托,则在印花厂的楼层中,下午五时准时举行,随音高唱。我想象家父边工作边歌唱的步姿,孤独的嘴巴偶然叼着(自有了我弟弟后便戒掉的)烟,沿着日常工作的路径在桌边来回行走,耳朵扣押了的音乐,由嘴巴假释外出,歌音浮在漂染气味中,刺鼻而必然:"我喜欢的歌手大都在80尾(80年代末)的。"这位受访者看来是为了不认老而向记者提供难以笔录的数据:"我喜欢一首歌,倒不会记住歌名。"他仍未提供我所需的。忘记文字,欣赏音乐,自可更投入旋律吧。强哥自有一套音乐哲学:忘记自己所喜欢的歌,一旦再听见,

那首歌,几乎是首全新歌曲吧。我猜他会这么想。

实情是,他的音乐记忆甚丰,就算忘记歌词,也会记得曲调(沾家父的光:我这基因看来是源自他的)。无论摇滚、抒情或是民歌,都动听。有次一起去K歌房,大家也不小心地点了几首英文歌,他一听前奏,便可准确入音(家母也有这种超能力),无论怎么听,也听不出他其实"念口簧",就像在唱一首属于自己的歌,多神奇。儿时,我曾发现他忽然哼唱起来,满足地笑起来,歌音悄悄泄露,温柔莫名。有关胡士托的历史,我没仔细告诉他。音乐本来是民间的事,本来是个人的事,那些与我们无关的旅游点子,就让它搁起来吧。难得两父子装作陌生人般作遥距的电话访问,就别让旅游话题太着迹吧。感谢政府提起这生硬的形容词(胡士托式),感谢黎佩芬邀约。今天,我们因这话题,返回我需抬头才看

见他抖动着下巴的日子。

胡士托是什么

近 50 万人涌进市郊享受音乐、吸食大麻和做爱，宣扬和平、自由与性爱，唱足三天玩足两晚，在草原上形成"反抗文化"（countercultural）的小国，生过不少意外。这就是胡士托。公布挽救香港旅游业方案者，看见这则定义也许会脸红：每年办胡士托式音乐会，是否意味鼓励各地年轻人来"玩"？政府不知胡士托为何物。更直接的说法是，政府不知音乐为何物。这是再正常不过的。音乐向来是民间的事，"神级"如胡士托，也是由四个年轻人（年纪最大的是 26 岁）合力筹办。

这是个美丽的误会，而这看来美丽的误会，只能怪华语世界把胡士托过滤得太洁净，洁净得只余乐队名字、歌曲名单、"崇尚大自然的年轻人"、"写就了是摇滚乐史上的重要里程碑"等冗赘无聊的信息。现实是，筹办胡士托的发起人，在 1968 年的《华尔街日报》和《纽约时报》刊登音乐会的广告已云：Young Men With Unlimited Capital looking for interesting, legitimate investment opportunitiesand business propositions. 他们收到过千名投资者回应，集得 2400 万美金，举办这个音乐会，余款用作成立工作室、灌录唱片等。当年的年轻人无意促就"宣扬爱与和平"的音乐晚会，骨子里不过是民间创业梦的另一版本。

为什么在西方网络社群普遍以 Asian 为贬义词的背景下，仍有人相信身在亚洲的小城市，可以用亚洲形象来拯救旅游业？为什么以亚洲作本位的音乐会能吸引年轻旅客？为什么政府仍相信举办音乐会能吸引群众？"胡士托式音乐会"七字，无疑是（我暂称）"维港巨星汇症候"——以全球巨星为邀请对象的既然捞不好，就以本土为本位的胡士托作为模仿对象，搞个稳稳阵阵的一年一度便好。产生这种胡士托错位情感的建议者，一定不了解香港民间对音乐的情怀，莫说了解游客期待什么。

都市闲情

金曲倒数

第四至第二位

白光

春

曲子令笔者忆起儿时看过的华纳动画 Tom & Jerry（以角色动作演绎多个著名古典乐乐曲）片段。这位演过曹禺《日出》小东西一角的北平女子，在管弦乐乐声响起 18 秒，便把春天带入乐曲。歌词第一个字："春"，是送气的塞擦音，读时圆起嘴唇，读后不用闭上，因此白光一唱，延音四秒，便有了迟起的慵懒感觉了。

紧接的有"带给我们万紫千红"一句。"们"字一顿吸气，为"红"延音作准备，后有"冬"、"风"、"梦"、"颂"、"浓"、"熊"和"胸"句末的字，通通唱后不用闭唇，加上管弦乐柔扬地奏着，白光便可用她磁性、低沉的嗓音，张开漂亮的嘴唇，准确地咬字吐词，抑扬有致，唱出春天温和的气息。1995 年，白光应香港电台"十大中文金曲颁奖典礼"邀请，与徐小凤同台颁奖。电台有此安排，或与嗓音相近有关。

当年乐曲创作与编制应无仔细分工。陈歌辛这首曲子便可尽显他的音乐造诣：乍听开首，还以为曲子来自欧陆，也难以此辨出《玫瑰玫瑰我爱你》、《夜上海》皆出自他的手笔。

他曾跟随犹太音乐家研习钢琴、乐理、指挥等，1935 年首次制作了音乐剧《西施》，更曾到处搜集世界各地的民歌。这曲子集各家大成。

京片子早已没落。北京胡同渐少，有人说白光满口京片子，想翻唱老歌、老电影的读者，不妨上 youtube 找找看。

静婷

我的心里没有他

连英俄混血儿22岁男歌手Anthony Fedorov 也翻唱的 Historia de Un Amor 乃西班牙 Carlos Eleta Almarán 在50年代发表的作品。这首大有来头的曲子，落到陈蝶衣（陈涤夷）手上，众歌手一唱便是50年；最近一次，是《菠萝油王子》MV麦太为自己准备坟地，在那片"面朝大海，春暖花开"（海子）的草原上，有at17（乐队名）轻伴："我的心里只有你没有他……"

相比《情人的眼泪》，这曲子填词难度更高。原曲弹奏是节奏明快的西班牙吉他，陈蝶衣把它填成哀怨的爱誓已不简单，让我们再计算一下他的创作生命：他填这首诗时，已有50岁，却仍保持浪漫的活力，写成"只怪我／当时没有把你留下／对着你把心来挖／让你看上一个明白／看我心里可有他"这种激越的、"甜蜜的复仇"式的爱誓，呈现典型女性最极端的期许。

陈蝶衣到95岁出版诗集时，载有感谢歌手之言："令到我笔下的死文字，变成活文字而达到了'远迹飞声'的境界。"这道出填词人心底话：演活作品的，毕竟是"歌人"。

潘秀琼克服音律宽阔的《情人的眼泪》，一夜成名，便是一例。这位经历过大战的词人，生于江苏，不久移居香港。膝下长子是内地知名指挥家陈燮阳，更有现职策展人的孙女陈美心，血脉相承。仅借老歌之名，感谢词人一直以歌装饰我们的梦。

吴君丽

青青河边草

歌名自"古诗十九首"《青青河畔草》。此曲填词人李愿闻在黑白年代参与多个电影剧本编撰（《一入侯门深似海》）及改编（《霸王别姬》）、电影撰曲（《扎脚小红娘》）、填词（《玉梨魂》）等；再看谭炳文《像一个梦》（1970）专辑中11首歌皆由他包办，创作魄力十足。

至今，许多老歌歌手仍带粤曲腔调歌唱，大约自此曲起始：惯演唐涤生作品（《双仙拜月亭》）的粤剧红伶吴君丽在同名电影（同场有胡枫和林凤）中，舞着沙槌；电子吉他的乐音传来，始边演边唱："青青河边草，寂寂郊野路。鲜花开满道，朵朵沾雨露，明媚风光好散步。"全曲句式为三、四、五、七言，歌唱如话："偕老双偕老，美满婚姻世上无"、"手拖手散步，情话偷偷低声诉"。

此曲多个入音位置先词后曲、以词带曲："爱惜春光好"的"爱惜"便是一例；"休虚度"、"大好年华"等更延缓接续一句的入音时间。有人认为这是"粤剧腔演唱西曲式的粤语歌曲"，更准确的说法应是：融合粤曲特色的流行曲。流行曲出自这位"玉喉艳旦"的口中，堪称本地第一首粤曲crossover流行曲作品，自然与《始终有你》的"尹飞燕装置"迥异吧。

巴士判官判了什么

大近视——香港文化蒙太奇

——巴士阿叔拍摄者 JON 专访

\

网上有人花了点心思,挪用邱礼涛执导黄秋生主演的《的士判官》海报,改为"巴士判官"。还未看过片段的人,在讨论区上问这个是不是一出电影,几时上映……昌问完 JON 后,倒想起一出叫《无名英雄》(Hero)的好莱坞电影,讲述一个生活一塌糊涂的潦倒失婚汉,在一宗飞机意外中,单人匹马救出机上所有乘客。大批记者赶到现场,远距离拍摄。现场那飞机着了火,烧得正烈,一名记者见有人抱着伤者走出机舱,拍得一张背光的照片,人像因而成了黑影,无人能看清那位救人英雄的外貌。

后来,传媒疯狂追查这名英雄的真正身份。这出电影演绎的那个"英雄",并非存心去做正义的事;他救人,纯粹在那么一个场合,做他可做的事,就连一念之仁也称不上。他对传媒追访不感兴趣,没有寻找门径向传媒公布自己的身份,只想向前妻讨些钱,以应付日后的生活。那么,这宗事件的"无名英雄"又如何看待这次事件呢?

今次访问包含突发和人物专访成分,昌希望梳理资料后,有助大家认清这个"判官"的真实面貌。欢迎 JON 走进传媒世界成为玩者。

日程

26/5/2006
周五晚上访谈触礁

本期碰上个炙手可热的传媒热点。报道正式公开（26/5）的那个下午，昌开始参与一个不超过12小时的 Mission Impossible：在街上匆匆记录所需号码，在旁边写上 JON。谁是 JON？再度成功接线后，他摆出一个与传媒合作的姿态，问昌"你是谁？我忘了。东周？壹周？"就是没有问昌早前多番强调的《星期日明报》。看来他忙得还未有时间记起他们首次接通后，昌跟他说的一段话。昌享用过他拍过阿伯的手机提供的留言服务共四次，大致是那种万念俱灰式、欠债人士央求延长清款期限的口吻。JON，今晚你要应付大众传媒恳切的祷告，定比上帝更忙。

21:55

电话接通，JON 说自己正接受周刊访问，其实已经很疲倦，问昌下星期如何，昌答，稿最迟要明早交。这是人物专访，有别于港闻版的。也希望今晚可以完成它。

22:05

电话接通，JON 说另一边的访问未完，问昌这个访问会不会很长。昌说，那不如先问他几条问题。

1. 请问片段是由本人还是由别人上传？

答案：朋友。

2. 请问可否提供朋友的联络方法？昌想问问关于"小片段文化"的事。

答案：朋友不愿意接受访问。旁边有传媒正在访问我，未能再回答更多问题。

昌问，旁边的是谁呢？他说他们是《便利》（一再强调，这稿件很急的，自己也不过是客串写手而已，希望体谅，多给一点时间）。

JON：现在真的不行，不如稍后再谈，今晚回复。

22:30

享用JON的留言服务。

22：40

再享用该服务。

23：15

电话接通，不过他要进电梯。旁边有杂声。断线。

昌买了一包纸包饮品，找了个可书写的位置，等待时间过去。

23：30

电话接通……

昌从嗜好问起：

1.平时爱做什么？打排球。

2.平时拍什么片？其实我不是拍片的，平日拍的顶多只是生活片段。

3.片段放在网上后，你有什么看法？在香港这个狭窄环境，真希望可以减少冲突，大家可以心平气和。

其实昌看过未经删剪版的"四眼仔Vs狼黎（嘟厉）阿伯"（youtube.com的kit-silly's版本，Profile注明kitsilly是16岁男生）和MTV版（声线与外貌近似X尚义的阿伯"压力"言语配郑秀文《煞科》合唱版本），觉得阿伯态度曾有变化，JON有什么看法？

JON认为，起初阿伯很强硬，后来态度有软化的；之后态度又再强硬起来。JON强调他是尊重阿伯的，昌则分享了些看法：其实那个青年态度也有问题。JON没有正面响应，只简述片段结束部分，即阿伯电话响起，打断了自己的话题，退回座位接听云云。JON可能忘记了，青年多番"警告"阿伯别再说，最后阿伯说"算数啦"然后追加一句呢喃的粗话退回座位。青年就说："听电话啦！"

日程

27/5/2006

周六早上顺利约见

感谢某报周六刊出一段报道，本栏访问触礁翌日，令JON从传媒迷雾中醒过来。

10：30

JON来电,向昌投诉某报报道失实。

11:00

抵新元朗中心晤JON和JON母亲。

"你听听——我根本不是这么说啊!"

JON拿出周六清晨印成并在港闻刊出大头条的某报,点出用词问题,JON母更指报道把儿子这行为说成"无聊",看来不无贬义成分。昌想起昨晚传电邮也提过"上传"的事,便问JON收过昌电邮没有。"有啊!你没把我的名字弄错。"他指出该报竟把他写成JOM,又指着一段关于他因为受欢迎而感"自豪"的引述句子。"你听听——"他把一段录下某报访问的手机递往昌耳边,"我根本不是这么说啊!"他竟把手机科技用于核证传媒报道真伪,一个21岁少年又运用Clip来做判官,今次对象则是追新鲜材料的传媒:"这将会是个循环,也牵涉传媒的生存空间。"

原来JON的真身是个21岁少年,白天做会计,晚间兼读中大校外课程心理学,志愿要做个心理治疗师。事缘有天他在元朗与朋友打排球,有人致电JON,说电台正要找那个拍下"巴士阿伯"的人物。他就上电台接受访问了。看来没考虑什么。在分享之先:"我妈妈独力把我养大,很辛苦的。若不是我auntie和舅父在我就读中一时——一个最容易学坏的年纪,愿意抽时间照顾我,我真不知道会变成什么。"昌誓估不到,原来拍摄"无聊"片段的少年,有这么的一个故事。"当时妈妈身兼父职和母职,auntie就带我到教会,令我有了宗教信仰。"JON母忍不住要说句感谢:"我儿子没有做街童,多得为我照顾儿子的兄弟姐妹。"

"我觉得网络世界比较真实"

JON能一下子应付这么多传媒追访,的确是不简单。听说他已跟某周刊签了合约,请他给周刊独家数据,某报甚至发出"巴士阿伯续集"信息来娱乐大众,吸引大家追读报道,比起网上流传的过目即忘,添了一重意思:"我觉得网络世界比较真实。讨论区的参与者都说些发自真心的话,可是一到报章,就好像……"他就在短短12小时内有了这样的体会:"我认为报章报道的,比网上更有公信力,也有教育社会的功能。"教化功能吗?这位同学想法真的愈来愈吸引昌。

当今报章传媒的威力,的确是远不及网络流传之快、之广;至截稿为止,《纽约时报》、CBS NEWS、英国《卫报》和维基百科网,都已有了关于JON短片的报道和浅析。JON居于外国的朋友,也看这段短片:

"我们就因为网络而建立了深厚的感情……"他觉得网络世界能维系现实世界的人伦关系,而现实世界,则满布障碍:"至于在巴士这个狭窄的环境里,人观察人,继而判断对方性格的,实在太急太快,也不准确。"

报读心理学 要做治疗师

可是,谁不是"阿伯"呢?JON母亲也认为每个人都有"阿伯"这个面向:"压力如何舒解,才是大家要关心的啊!"JON又加了一句:"所以我早在拍这短片前,报读心理学,希望做一个治疗师。"这时,他搂住妈妈,"将来可以供养她。"JON母见儿子这么孝顺,眼角湿湿的。JON则斜视她:"哎!别又哭啦!"

他装作听电话而拍下短片。对于网友为他起名为"判官",他笑说:"我不会作正面回应的。"看来,JON已准备在这传媒世界一展所长了。

> JON 真名方颖恒，当时是 21 岁大男孩。渐渐爱上拍手机短片。近日因"巴士阿叔"片段瞩目全城。志愿是做一个心理治疗师，日后可以供养独力撑起家庭的伟大母亲。（海伦）

金曲倒数

本周冠军歌曲

陈娟娟

歌的歌

大近视——香港文化蒙太奇

陈歌辛把流行曲创作带进音乐理性年代，暂别爱情题材，在1947年以此曲入胡心灵执导的《四美图》，奏响大量古典乐演奏乐器陈娟娟唱出轻巧而灵活的花腔式女高音（coloratura soprano），随"音阶"（scales）连音直飙，用歌音来捕捉乐曲，再带入"小小的花儿要开放／小小的草儿要生长／小小的萤火要发光"。"小小的"三字动态撩人，歌剧式的花腔唱得轻巧、绚丽而圆润明亮。

昔日歌剧多为贵族而唱，娱乐为主；这首流行曲则采用这种音乐题材，向当时青年发出讯息："假如你想要追求快乐／唱起了哆瑞咪法沙／它使你道路平坦／行走时不怕颠簸"、"假如你路上感到寂寞／……它使你路上的朋友／听见了愈集愈多"、"唱那守时的春风／吹醒地面的花朵／唱那奔腾的春潮／来把冷封冲破"、"假如你遇到任何折磨／唱起了 Do Re Mi Fa So／它使你的信念更强／一定把困难度过"。它不再是娱乐听众，而是振奋人心，并善用"音阶"扶摇直上的飙音特色，鼓励青年用歌凝聚、团结，冲破难关。

陈娟娟嗓音丰富且清脆，婉转灵活，朴实地唱出勉励人心的华彩。

这首关于歌的歌，仍有许多细节可资探讨（例如"后设"成分），篇幅所限,笔者在此打住。私爱翻唱金曲榜数至首位,或许有别于读者心目中的至爱,诚如美国钢琴家 Ruth Slenczynska 所言:一首精致乐曲,我们需学会它、吸收它,使它成为身体一个部分;"不仅相似于你的手指、牙齿等器官,更形同你的心智,能够随着时间的更移而成长、成熟"。但愿各人也找到至爱,把它们的温柔与激昂统统消化,带着丰腴的身体回家。

晚间
新闻

爆破少年
梁科庆

——少年小说作家专访

《怪人二十面相》电影版（以下称《怪》）是个歌颂科学研究、追求平等的世界，社会阶级鲜明，成人都把希望寄托在少年身上。少年要做的每件事，都十分受尊重：卖命的马戏团少年、名侦探少年……无不获成人垂青赏识。少年有难了，他们不惜一切去祈祷、营救。故事改编自江户川乱步的小说。

回到香港，我们有少年侦探小说畅销作家梁科庆。在他的作品中常见时事痕迹，有时主角（阿Wing）会置身其中，有时则擦肩而过。向《小说风》编辑关梦南先生取得作家联络方法，有幸拜访，面相俨如少年的他，言辞活泼，思维敏捷："我刻意不写校园，只因写作对象既已置身校园，就应在他们读得懂的东西（少年小说）上开拓更广阔的视野，让他们知道国际时事。"他期待少年跳出自己的生活。他的小说暂有剧场版本，未有电影版本，却从他身上体现了如《怪》中重视少年、重视教育的面向。

他的少年时代又是怎样的？像今天少年般顽皮吗？梁科庆是个真诚的作家："我们这一代所玩的，就只有这些。我在围村长大，鞭炮会玩，连鱼炮也玩过。当年就曾搜集未烧光的鞭炮，研究它们怎样才可再烧一次……"少年哪知危险二字如何写："鱼炮是什么?鱼炮是渔民用来捕鱼的炸药,把它放进水里,鱼都会被炸晕、炸死,然后鱼都浮到水面。我曾有次偷偷拿来玩,放进池塘里……"谁不曾在少年时代玩过:"那年我还未满10岁。"

今天"身教"愈发失效,目下政要言谈态度轻率,意气用事,都把"教坏学生"挂在嘴边,说穿了不过是斗气话。我所接触的少年,已不把这群人的纷争、所闹的笑话看在眼里了。他们自有新天地。谈起他早前的作品《魔法陷阱》,他满腹经纶:"我认为《哈利·波特》系列小说不适合孩子阅读,是因为那些巫术步骤与资料,是真确的。"梁科庆关心少年成长阅读的读物,因书成了现象而研读了好一阵子:"我们读这部小说,分辨不了真伪。记得那个九又四分之一月台吗?英国真有少年尝试冲过去,希望能撞入那个小说中的世界。至于少年误信巫术,据书中所述的步骤煮汤饮用,结果入院看医生的新闻,层出不穷。"他顿了一顿:"《哈利·波特》系列是好小说,寻常少年却分辨不出当中真伪,以伪为真,就有问题。少年小说与现实的界线,需更清楚。"由此,写成了《魔法陷阱》。至于新作品《暗幕》,当然继续糅渗时事。

少年判断力或未及成年人。他笔下的"Q版特工"阿Wing,非每事均判断正确:"角色都会因判断错误而承担恶果。"有个读者,曾是个坏孩子,爱偷东西,被送进男童院。重投社会后,学了一技之长,仍不时跟他联络、倾诉:"已经做了好人,便好了。读书不成不代表活不成,不要紧的。做好人便好。"每人都有自己独特的人生,不管人生时明时暗,也当尊重。

我们的确有个要不得的传统观念,或与诗相关:同学少年都不贱。成年后才发现成就比自己高的同辈已不少,隐藏否定少年昔日无知与同等的、宝贵的成长经历的价值观。《怪》中的二十面相真身（明智小五郎）是上流少年男爵，雇了少年侦探团为他分析案件与侦查对象行踪。真身走不出掌管世界能源赋予的权力欲测试，死到临头仍深信"新世界"理念。真身死后，新二十面相（马戏团少年远藤平吉）继续挑衅警方，这时，少年侦探团代表打开车门，镜头低炒向上，象征少年成功上位，正式当道。这是《怪》的少年成长，表面是对少年英雄的肯定，潜台词是，无论你是少年或是成人，白的既当道，必有黑的存在；少年当道，必有成人扶持。讲的是权力平衡，而不是哪方统治哪方。

我们会问，为什么小科学家追求知识以歧途，会被视作危险人物？少年怎会有以炸药伤人的心思？这明显是成年人把自己的恐惧迁移到少年身上："对，911之后，我们都活得很害怕。"梁科庆分享他对时事的看法："我不大清楚那悔过书，是不是同学的主意，或者校长只想保护他们。"然而，少年需要的保护，或不是学校所能提供的。今天，寻常少年只消自互联网找对资料，便可自研科学成品，他们仿佛不再需要上学。科技眨眼间竟由少年带动起来，而非本土科学家，难道这就是成人活得害怕的原因？不依靠从学校所获的知识而闯祸，大江健三郎在《为什么孩子要上学》中已跟我们分享过；祸大祸小，本该不涉代际权力的拉扯角力，奈何传媒偏爱拿少年的人生开了可悲的玩笑：悔过书、"收藏危险品"……把成人所恐惧的统统置入荒谬的错位。

难道一个度过生命危险期的、两个目睹惨剧的少年，教训还吃得不够大吗？容我们再回忆电影《乌冬厨神》，杂志社里一群青年编辑，大胆起用中学生组成的乌冬搜集团，结果成为杂志大红大紫的原因。别国把少年投入认真的成果认真看待，对于世代追求科学精神的行径演绎出来。我们又曾做过什么？青年轻蔑、否定中学所学的程度浅易，忘了它带给我们重要的成长记录。福祸只差一线，假如他们把炸药研究成功，意外发现新能源，传媒又会如何看待？现实是，少年在这小地方只能通过成人世界的游戏规则（什么小科学家奖），成就与成果必由上一代把关。我们的少年，个人意识和价值确实难于物质过盛的年代，一时三刻可建立起来，可是校长被传媒逼得要少年向公众道歉，少年自我认同因事而一洗尽空，这种救亡式的"建立"未免太残忍了。认罪与保护，是两回事，我们正视的理应是生命安危，而非悔过。

东京，西经

大近视——香港文化蒙太奇

——何子欣专访

上溯黑田清辉在1896年赴法习画，把西洋画技法引入日本："这是他的纪念馆，不常开放的。"何子欣徐徐地指往一个方向。我拍了几张，他没等我，走得远远了。近60岁的何先生健步如飞，一边说"我在日本没有成长的地方"，一边路过东京艺术大学（前身为东京美术学校）。他婉拒了我尝试加点煽情的采访策略，并重申——自己的根，在澳门和香港："不能忘本。"初到日本是22岁，靠在香港打工的钱，挟着5万日元，到东京美术大学留学："我的家乡是香港和澳门——现在都回归了。父母育有太多儿女，孩提时代在澳门成长。爸爸富有，我却早在少年时意识到，我不要像父亲一样，过那些生活，挣那些钱。"他曾跟爸爸说，为什么你要这么生活，我不认为你这生活有什么意义。他一心想脱离父荫，自力更生。何子欣既是画家，也是美术修复师。儿子调侃他不应叫何子欣，而应叫何孔子。其实，他还常提到老子、文天祥和鲁迅。这有趣的人物，最常展示的东西不是画藏，而是中国护照："我不归顺（日本）非因国仇。我要告诉中国人，学习别国文化，还是需要一个身份提醒自己，别国所长，与己国所短。"需知道传统日本人都爱雇本土人，没户籍是不利于工作的。

日本文化不离"发扬光大"四

字。自言不是裱装专家的何子欣，曾获美国一所大学邀请，聘为专业摄影师，把裱装的百多个步骤，在镜头下详述一次："它本来是中国的。"他庆幸今天由一位中国人掌握了经日本改良过的技术："我只专于一门工艺。裱装不是我的专长，不过那两年学徒生涯，让我长期浸淫其中。"他所指的学徒生涯，是1978年跟随远藤新吉，修复国宝，其中包括唐玄奘的西经真本："初见它时，百感交集。中国国宝竟藏在日本。"（据说，现时正收藏在鲜为人知的地方，绝少开放）我则认为，幸好收在日本。君不见敦煌文物的下场……

东京艺术大学藏品数不胜数，路过"狩野芳崖"的观音画海报，我讶异观音竟有胡子。何子欣则不以为然："这张画我修补过，对，他有胡子。"而且他还有大肚腩。"西经所用的是很好的纸张，近乎今天的和纸。纸纤维长，保存得较好。当年修复也不外乎是一些蛀洞，唐代实在太惊人了。"我怀疑，这工匠也不是现代人。"我是工匠，不是商人。以我所知，日本不少文物修复师也兼做买卖，我则深明专心才可致志的道理。"艺术品在他眼前，仍是艺术品，而非商品："邀我修复的有近三百多个，现在我只答应二十多个。"他重视的是满足感，经他筛选过的，当是真正懂得艺术的人吧。

二战后，不少爱收藏艺术品的日本企业家，自置美术馆，展示自己的珍藏；有部分则把作品捐给政府："三菱找我修复'三纲领'，看见那三行汉字，我吓呆了！"所期奉公，处事光明，立业贸易（岩崎小弥太题）。他认为前二者正是中国传统思想的核心："他们强调贡献社会。一直是文化优等生的日本，时至今日，再也不复当年。"持中国传统观念管理公司，却又吸引着我："公司要修复这作品，意味他们仍奉行纲领……"举动充满象征意义。只修复，不买卖，令他与邀约者保持良好关系:"做学徒的两年间,向师傅(远藤新吉)偷师,学得好些技术。它们到了我手上,由我更新与改良。这都需专注才做得到。"从事三十多年的一门专业,比起忙于买画卖画的本土修复师做得更出色,听来是意料中事:"我也知道自己影响了不少同行。'于人曰浩然',我倒真的研究出许多当代难有匹敌的技术。全是我专心工作的成果。"

他觉得当今艺术家较难让他接受的是"我就是艺术家"之类的论调:"没有一位艺术家不经(学院或个人的)锻炼而成材。"在他眼中,坊间奉为伟人的画家,技法也不是没有瑕疵的:"我遇上不少名作,多是因为时间久远,色块出现裂痕。在我眼中,好些也非时间问题,而是笔力(例如用力过猛)问题。颜料与纸需融为一体,才有可能保存百年千年。"他遇上好些油画,明显是画家没顾及纸张:"选纸是很重要的。好些重要作品,也因选纸错误而令画作频频待修。""油画讲求起稿,状况像达·芬奇所留的初稿,那都是未上色的素描。"追求严谨,不无道理:"油画的工艺意义,在于保留画家整个创作步骤。修复师往往需把画作局部放大50倍,分析作品需修补的细节。一张成功的油画,能让我看见它的初稿——油份恰到好处,便不会伤害纸张,并可透视初稿的笔迹。"

星期七档案

大近视——香港文化蒙太奇

老师不见了

——从教师身份的吊诡谈起

学院毕业的学生,不一定要选'教师'这一行业"的"毒品"言论。既然视"教师"为那种"随时可以转行"的职业,试问仍有多少抱持教育理想的知识分子,愿意投身这不受尊重的行业呢?将来教育我们子女的,又会不会是"求学不是求'真人'"的非真人补习班老师?任职中学教学助理3年以来,可说见证了老师们的非人生活。希望大家读过这篇文章后,会重新审视教育的本质,以及检讨对待老师的态度。

"教育改革"不单改变了既往的政策,也改变了教师身份的观念。曾听闻某校中学生,在课堂上跟老师说:"你们是服务我的!没有我,你们便失业!还要罚我吗?"我们的下一代,就是教师的"顾客"吗?到底有谁将这种观念传给学生?我实在很不安。今天,大家都不把老师视为专业,执行政策者更发出类似于"教育

被文书工作消耗殆尽

教改后,教师成为管理对象标榜"终身学习"的先验者。放学铃声响过了,匆匆叮嘱学生记得温习背诵范围记得做功课,步回教员室才10分钟便立即携着一束束功课赶赴教改的配套课程、研讨会、讲座……要不,便为各项堂而皇之的"课程剪裁"、

"专题研习"诸如此类不胜枚举的"招牌"召开会议。结果,多少在教员室门外苦候良久的学生失望而回,而真真正正"走出课堂"学习的,是欠缺时间、受尽严格管理的老师。如此种种,不断消耗教师的体力与时间。

由学校自行管理,以"学生为本"为出发点,给予学校更大的教学空间,原是好事;可是局方对教师专业的不信任,一味要教师呈交各项"招牌"的计划书、报告来批阅,下放大量为政策而政策的行政工作,不断模糊教师身份与角色。有教师甚至为各"招牌"通宵撰稿,莫论备课,就连学生功课也差点没时间批改。"《2002年教育(修订)条例草案》的出发点是改善学校管理,提升教育质素。"这出发点为管理对象(教师)带来大量文书工作,自此,"学生为本"变相成为"政策为本"。

教师需要在课余时间去接触学生,而不是接受那所谓"提升教育质素"的"学校管理"。"出发点"尚待践行者重新出发,而学生仍在空寂的孤城等候老师的关爱。

沦为传授知识工具

向教师提供更多项进修课程,持续进修,无可厚非;对一群合资格教师进行考核,却让人摸不着头脑。是谁带头不尊重老师?为何旧有的教育制度未能培育出"合资格"的教师?当下的课程改革,有修正旧有制度的缺点吗?若当真不合资格,又为何能够通过会考、高级程度会考这两个难关?学生"愉快学习"是建基于教师的考试能力吗?昔日教师不用考基准试也能教出好学生、好老师的原因何在?

由此,核心问题有二:一是教育观念模糊化;二是局方对学校的不信任。教育观念自上而下彻底改变,始作俑者不"尊师重道",将会衍生形形色色"学童挑战老师"的现象,此消彼长,在这种教育制度下,终有一天成为学生当道的"学生为本"。教师沦为传授知识的工具,以及宣传学校的花旦小生,为招生数字在家长面前卑躬屈膝。

至于所有教育理想,都建基于一个"管"字,一系列量化的评估报告呈上相关部门评阅,学校或沦为管理的政治傀儡,甚至"家长为本"的政策推行者。学校有素质高的家长提意见尚可生存;极端如纵容小孩的、苛索的、蛮横无理的家长,若真介入其中,不难想象一个景况:家长的介入,间接提高学童在学校的权力,建立学童的校政角色;意识到自己角色的学童,将不断挑战老师。

自此,一所学校能否生存,除了取决于"管理"后的评估、小区适龄学童人口外,还有家长群的人文素质,而不是教师有没有用心教导、有没有成功令学生提升学习兴趣如此种种不能量化的教育素质。

求学不是求"真人"?

"核心的精神是让由选举产生的家长和教师代表,参与制订学校管理的决策,目的是希望学校的政策能更贴近学生的需要,实践'学生为本'的理想。"《2002年教育(修订)条例草案》所提出的理想,是贴近学生需要。然而,今天的学生需要什么?

最近有一补习班广告口号曰"求学不是求'真人',优异成绩最要紧",提倡视像教学,补习老师现身荧光幕,超越时空遥距教学。大规模补习班的教师,本来就是一个工具。我曾在会考时代报读多家大型补习班的课程,真人非真人,其实也没相干。我要的只是那束由专人量身定做的考试贴士和笔记,以及专人集中火力教授的所谓考试技巧。掌握了便有机会成绩优异,说穿了最终还是各安天命,补习班老师真人非真人,倒没大关系。

至于学校老师,他们并不是我们的工具。他们是可触可感的人物,我学习的榜样,是我的偶像。要不是有我老师的鼓励和支持,我也不会成为这个爬格子的笔者,也不会屡败屡战,努力学习。可惜,再没人认为不能量化的人伦关系有多重要。说是社会冷漠,原来从学校这个小社会习染的。再没人记得自己曾受哪位可敬的老师影响,没人记得自己如何受老师点拨。诸位在上者,试问身为教育工作者,连自己也不尊重老师,又如何教孩子尊重老师呢?若有人说,因为今天的"合资格"教师不合资格,所以不值得尊重,那么,昔日不合资格的教师,也不是教育出许许多多的教师来?何况,在技术层面来说,今天的教师要是真的不合资格,为何不考虑低调处理,交由学校自行评核呢?既维护教师尊严,又不失考核教师能力的意义,总比听见批评教师水平、影响教师在社会形象的言论更具价值。

不尊重老师教坏孩子

各所中小学皆面临"缩班"危机,于是在报章上积极宣传推广,利用学生成绩、课外活动等作"商品式"推销。这种与教育本质相悖的对策,无日无之,简直匪夷所思。再没有人记得老师是授业解惑、施以身教的身份。我记得就读初中时,总以为老师不会逛街、不用吃饭、不会上洗手间。他们在我心目中,是神圣不可侵犯的。

像我这样的一个失败学生,是从昔日仍有时间和空间的老师手上被拯救的。相关部门既犯了"不尊敬师长"这条"校规",应当在教员室门外罚抄罚站,问问良心,为何不尊重老师?为何轻视教师在情感教育上的功能?

大近视——香港文化蒙大奇

有张大春中文不闷

——穿越古典牢壁的鬼才教学示范

日期：2008年11月28日
时间：17:00—18:30
地点：岭南大学
讲题：不能不说的秘密——中国诗学叙事的小说张力
致辞：梁秉钧教授
主讲：张大春先生

讲座以古典诗歌传统岔进叙事成分，从诗歌典故辩证过程寻找诗人在时代的道德间隙中如何航进欲海，时隐时张的诗人绯闻间隔讲座前后严谨的礼仪步骤，形成了跳脱的大方、顽皮的典雅的演讲张力，17页活泼的举证正好为香港文学教育呈现难得一见的读诗方法。张大春就是那个鬼——《战夏阳》考八股的查秉仁所遇的墙中鬼，出没于300名公众人士之中，要大家"张口闭不上，有话道不出"的妙论。讲座间谈教育的不多，大春讲稿已落在各位手上，本文不重复，唯电邮访问所提及的教育看法，倒将令教育官大为放心，并可专心改良古典诗歌教育的基础。

张大春活力岂止限于小说创作及评论。近年他在博客与古典诗爱好者诗文切磋，又为"my-fone（手机机构）行动创作奖"评选创意作品，在"台湾文学营"担任营主任，亲督儿子认字，今年更应邀到岭南大学中文系任驻校作家，亲身体会岭南创作风："有写作热情的同学比例高得出奇,这和我10年前在台湾教书的最后那几年所见很不同。"我在讲座前,先跟他通电邮,所问的自然是当今活跃于文艺创作的大学生表现:"我们有时会用电邮讨论作品,同学们勇于'重写'的意志力往往令我惊讶。"熟知张大春的香港读者,应能理解这句话的意思——不尽是他对勇于改良、精益求精的积极意志的重视与欣赏,还包含他对中国传统小说发展史有关"修正"的概念确认。

**香港古典诗教育:
是才艺表演还是诚意点拨**

恰如大春提到曹雪芹在作品中展现诗才的渴望,香港教育界沿袭的古典诗教育,不无展现教材编写人、教育工作者有关作者生平资料与典故注释的才艺表演,君不见邪气非浅的"卡拉OK"学普通话唐诗,就从这个作者论的包袱伺机出没,加上音乐节有关古诗朗诵的乡镇品位评审,香港的中国传统文学教育何其悲哀:欲写(填)诗者以不懂平仄韵律为耻,爱古典诗的人以会背会写为荣,是为普遍现象。我们以为香港热衷实践诗歌正解之际,原来一直通过吟诵其诗、羡慕其才的原谅方式,原谅了那群富"外出"经验的中国诗人:白居易、李商隐……这种教育把文学无知推至巅峰。各人品尝"杜鹃啼处血成花"的"绝唱",却竟不知道诗人正在另一个遥远的时空因回忆寻开心的经验而得此句。由此,张大春在电邮访问中,批评那种盲目无知的古典诗歌教育:古文教育,不是人人可学的。"在大面向上,我对于推广古文教养的俗见很不以为然。古文不是人人要学或人人该学的,也不应该运用公共权力或机制向一般公民推广古文。尤其不应该在立法层次上规定古文学习内容应占现代语文学习内容的多少比例。"这不是说古文较之于现代汉语高尚雅洁,而是说,这种隔世语境,对众人来说难以理解,是应当的,是合理的。"古文是专业修养,"他打个比方说,"应该像古典音乐一样有从小就提供的专业学习环境和教育材料;一如学钢琴、小提琴、长笛的孩子那样自行拜师学习、修炼。"这观点正好反映香港家长普遍心态。那个被医生评定"可致自闭"(《香港经济日报》,2008.11.03)的卡通英语教学光盘,不也是他们的许愿池?

香港现行语文教育:
能力导向的奇货可居

"有人会以为学西方古典音乐的将来有机会能变成专业演奏家,那么学古文的孩子呢?能当演说家吗?我的答案也与一般不同。我认为,当一个社会上的某一项专业人士变少之后,就会出现对这个专业的迫切需求。"我所问的是:"香港的中国语文教育近年甚至推行不主张记诵、所读(篇章)不考、强调能力导向的教育制度。大春有什么看法。"张大春以文学家的身份解除了当今香港教育工作者有关"单元教学"中"能力导向"的思虑:"中国古典语文的专业不会消失,而看上去愈来愈凋零或挫败的学习氛围恰恰就是逆势操作的最好时机。那些现在已经开始或经常锻炼自己中国语文能力的人有福了,很快他们就奇货可居了。"

那么,台湾早备古文而少有细考,香港消除体制而割弃美学。有关彼此的教育做法,就文学创作而言,哪个较有益于下一代?香港大专院校,以及文学杂志社,又能担当什么角色?"在现当代备受市场环境冲击、考验的学院体制之下,大专院校常被赋予过多的期待。有人认为大学应该像火车头一样带领社会的思想和知识,有人认为大学应该负起普及社会教养的职责,也有人认为大学应该提供给年轻人更充足的人际适应、社会参与以及建立公共沟通的管道。文学杂志本身的存活还依赖着更有力的社会资源来挹注,如何谈自发的、独立的文化使命?这两者在现实上都不是担当推广中国语文教育责任的核心。

新生代创意:
综艺节目与网络启蒙

他的看法是:"必须由学者和文人在他们本身的职业领域之外,个别营造小规模的互动环境,形成规模尽管有限而内容足够精致的议论与研究,不论是在网络上或实体的生活环境里,以限量人口参与持续学习的规模来规划两代甚至三代人士一同交流和切磋的教习社群;这种组织是灵活而可发展的。某些仪式性的活动甚至可以结合成为跨地域的文艺营、文艺节。这是一个不同的开始,甚至可以说是一个新的产业的开始。"这话倒呼应了他近年在香港参与的多项活动,包括香港城市大学主办的文学节和岭南大学的驻校作家计划,以及他在台湾本土积极参与的"台湾文学营"。

他在"文学营"担任了数年"营主任",营内有新诗、小说、散文和戏剧小组。据他观察,以戏剧组最为活泼:"他们打从一进入营队就是抢着来表演的。虽然我们主办者总强调营队训练偏重于编导内容,不过学员们似乎年年都会示范他们模仿时尚电视综艺节目的能力。"至于岭南大学的学生,与台湾学生比较,又在哪种体裁上较多涉猎?"岭南的课程和文艺营很不一样——难以跳跃思考而形成逻辑。我看他们还是对爱情最有兴趣,最有感受。作品往往是他生活里爱情现实的补充或救赎。"

白话：
拓大古代汉语语境

在这短信和网络年代，年轻人的文字创作都跑到小荧光幕里去。大春近年也在博客上活跃起来，与年轻人谈诗论艺，又不时有舌战，更为"my-fone 行动创作奖"审选作品。他对这种创作和交流方式有看法之余，也修复了我对 my-fone 作品的期待："新的工具和平台从来没有改变过阅读和创作的基本格局。尽管有人认为简讯、博客和电邮会逐渐改变文风，但是我却认为：出现一部伟大的作品所能带来的影响更为立即、明确且深远。交流方式和工具永远不是决定性的，思想内容语感性素质才是一切创作的核心。那创作奖根本不是'文学奖'，它鼓励的是在使用现代传播工具的时候仍然能够兼顾深长的趣味，隽永的语言。"虽说它不算是文学奖，彼岸标准如要语言能兼顾趣味与隽永，其实已是甚高层次的追求了。

讲座答问时间，有位女士问及香港古典诗歌教育看来有别于大春所接受的古典诗歌教育，尤其谈及诗"七言"不比"三言"和"五言"像诗（指节奏感），并认为七言诗受杜甫以白话入诗后，那种舒和、奔放与俚俗的语言，拓大了古代汉语的语构等观念，大春的客气回应，正好提醒教育官：我们是时候"认字"认得更确当了。学术基础只是基础，世间有多少闻一多、张大春等勇于想象和求证的学者。香港不需要只会背诗的天真无邪，而需要通过诗歌理解文学与人生的敏思睿智，这才是语文教育、培养学生高阶思维的基础。岭南大学邀请张大春为我们示范了一趟险奇的古典诗歌教育，它能否改变香港积习成患的、畸零的、普遍的古典诗歌观念，还看多少教育官放下口号，实践专学并纠正固有观念,用于教育。

中文
一分钟

投诉补充

当今教科书所演绎的教学形式，全按照官方教育单位的审定准则，课本形式与内容不符者，断不能面世。传统教科书出版社无论在教育改革精神的实践上，还是出版风险的承担等，都比出版支持教材（俗称"补充"）的要大，比教师理解、消化课程的速度要快。今学期初，有议员义愤填膺高呼口号，搜集市民签署，齐投诉教科书涨价。

请别怪自己一直误会出版社如洪水猛兽把家庭仓库没顶吞噬。传媒每年挖掘各社价格数据再激起民愤，单一角度足令某些议员有事可干，却仿佛从没人回顾近年教育变化。90年代中国语文教科书文字排版方式采取传统直排。课本有既定体例（作者、题解、预习、课文……），范文多以现代作家作品为例，辅以少量图片，鲜有学生需填写习题答案的空间，省墨省纸。近年推行的单元教学以能力导向，则要照顾九大学习范畴[俗称"九大簋"（一种菜名）]，各开数个学习重点已水来土掩数十页，体例革新、排版迎合当今潮流、课堂练习印在书内……又要让学生"愉快学习"；而教育单位颁布"建议"只属指引，需编辑不断补充更新，参照国内外教育潮流，与各区教育工作者交流观摩，总结经验。

有文化人向我投诉，不满子

女课本排版过于花巧悦目,课本练习也比补充作业还多,供学生参考的资料也多,教师只消依书直说,还用教吗?我想说:冤有头债有主,何况,那可是别的出版社课本!推行课程改革、"愉快学习"、IT教学、版权监察等,谁说不用付出代价。用市民情绪简化教育问题,无助于讨论。

大近视——香港文化蒙太奇

无从判断

早在 2003 年,官方已向各学校派发新会考试题举例,阅读能力题例共 6 篇文章出 35 题考核学生逻辑能力的题目,时人称为"夺命四式"。2007 年新会考芸芸题目,引起学生惊慌的除了柠檬茶萧源版之外,还有数题需剔出"正确、错误、部分正确、无从判断"的"夺命题"。

补习班明星或已跟门生传授破解之术:与四式相关的阅读素材定可辩证。有了它,可令大家节省不少审阅问题的时间;至少古诗、文言文或新诗,不在此列。有人说中国语文科出现这种题目是非常可悲的。应付"夺命四式",一如昔日学能测验,学生只需要训练出熟练的手腕。分别只在于:当今逻辑题属中国语文学习范围以外的点滴要求,是鼓励理科生多阅读多理解的招徕手段,是文科生自此害怕学习中文的心跳惊喜。而当年我辈为学能测验奋不顾身留校补课,却是以逻辑思维判定入学级别,一试定生死,多么残忍。

哪个教育制度能完全满足社会普遍需求?自中国语文科改革至今,不少教师朋友与我分享:普遍来说,语文能力基础稳健的学生,不用多花时间温习便可有满意成绩;基础未稳的学生,无论花了多少气力也总是追赶不来。以往范文教学,懒者自有恶果;时移势易,只要学生愈早建立语文基础,形势自然愈强。换言之,中学中国语文公开试锻炼早应在小学开始。未来多少人有美好童年。

"夺命四式"在中国语文阅读部分闪现登场后,许多学生以为公开考试不用温习课本。我想,所有答案与传统中文学习关系似有还无,更不曾见于"九大簋"菜单之内,全是"无从判断",也算是另一种"正确"吧。

语文自学

大近视——香港文化蒙太奇

这是出版王国最可爱的公主,是编辑最能发挥创意(用炫目方式教学生向中文示爱)的部分,也是课本的多余体重。官方文件清楚写明:培养这能力需"突破课堂语文学习的限制,使学生透过全方位学习,增进语文学习的深度与广度,打好终身学习的基础"。评估指引提出能力(获取、建构、运用知识,以及自我监制能力)、兴趣、态度和习惯四大要点。

教育理念的认同与实践,从来是两回事。我们暂且忘记今时今日的普及教育下,有多少适龄学童当真从课本学会"语文自学";稍看这个在"九大簋"菜单的排序与篇幅,皆属"建议学习重点"的强弩之末。尽管如此,各出版社为取得成绩,也需强调教材最优秀的部分。示范教材时,众食家对菜色早已倒背如流,只有语文自学最有可能层出不穷,演绎手法最炫目。

它是社会各界认同的语文神灯。出版社大多用延伸活动、好书及网站推介等栏目演绎,是课本最反高潮的部分:只要学生回家(还有精神、时间)翻开课本(的话),擦拭这盏自学神灯,编辑们便会自瓶口冒出来。有个别出版社的神灯占每单元四页纸张,以四色连环图在课本中诱导学生;细读内容,却发现只属一般学习常识。

舵手深知语文自学在课本上是徒具形式，而能力重点却又与听说读写等足印重叠，可那是不折不扣的官方"建议"，谁敢不从。它已成为出版王国炫耀公主脂肪的庆典仪式。自此，公主与学生在人前表现得幸福快乐，关起家门后便互不瞅睬：任谁每天都在家自学语文（阅读，包括上网），别玩吧！

评核校本

大近视——香港文化蒙太奇

某教改培训研讨会上,有老师用该校学生成绩为例,质疑校本评核评分比例是否公平。响应人士则摆了扭腰舞姿,当场不否认它与该学生所属的学校等级没有关系。低级别学校的校本高分,跟高级别学校的校本低分,到计算总分时,水平可能相同。

假如这不被否认的评估"习俗"沿用至三三四新学制,因小学成绩逊色而入读较低评级学校的中学生,后天努力、老师栽培等成果,可能因校内评核评分比例的增加,成绩却因学校等级而打了折扣;期望愈大,落差愈大,情绪如何自狂喜到失望,不难推想。等级低落的学生,犹如《投名状》中的苏州饥民与士兵:城内百姓饥民身份不会因战争结束而实时改变;士兵就算投降,也因对方军饷不足而难以收容。未能满足少数的学制,只好做三弟金城武,一边流泪,一边下令关上城门,向数千壮兵放箭。

山田贵敏《孤岛诊疗所》笔下的少年,在古志木岛土生土长,是岛内高材生。他一直受移居当地的知名医生身教言教,立志当医生,并报考国立高中公开考试。他意识到岛外彼端成绩的水平差异,努力应付公开考试。我们不妨想象,假如这个学生身在校本评核制度中,以孤岛中学等级判定,他的总成绩会被打多大的折扣?公开考试是学生实力比拼时最诚实坦白的评分方式；不问来历，不论老少，只要大家想报考，便依范本教材温习，被定生死的学生，死因明确。

有人认为，校内评估评核方式已取代相对传统单一的学习评量方法。"已取代"三字是否言过其实当可商榷，校本评核是祸是福，则未见师生反映。中国语文校本评核在三三四制中占全科30%，是一出摆脱"苏州史"（旧制）的好戏，还是师生的哭泣城墙，期望教育官认真思考。

品德情意

大近视——香港文化蒙太奇

厨师把这道菜色列入菜单括号内，排于文学和中华文化之后，以培养学生道德认知、意识、判断力、情操、自省，以及"对家庭、国家及世界的责任感"为目标。文件写道，这学习范畴"体现了传统人伦关系由亲及疏、推己及人的观念"。撰稿员在"体现"前，加时间副词"了"，真个"未出发先兴奋"，足以显示了课程推行的决心。

众所周知，在孔子"学习范畴"的排序上，品德永远先行："诗可以兴"的"兴"是"感发志意"，即性情陶冶，而"行有余力，则以学文"等主张，无不把语文应用能力排在培养品德之后。撰稿员竟在违反传统教学观念的基础上，呼吁大家在提高学习语文能力之余，也需体现儒家观念。

容我从另一角度读"不读诗，无以言"一语。它包括听说读写等语文应用训练的教学意识。学生有"言"之前，当然须把《诗经》读通读明。孔子因应当时政治语言潮流创设教学情境，向学生强调诗之用：《诗》可提高道德修养，理解典章制度，若用于"写作"与"小组讨论"，可以说无往而不利。

如我没猜错，教育官拟定此范畴的目的，是不希望自行选文章的教师或教科书编辑选文时有所倾侧。纵观各教材写该单元如何吻合"品德情意",纯属自圆其说。被工具化的不单是课程选文,连品德情意也无可幸免。这是过分标榜语文能力训练的恶果。与其让大家侃侃而谈,教育官不妨把它归入中华文化范畴,或更有助突出它在传统思想中的地位。我们不介意厨师错手多撒盐,只怕没人理会举高手臂的食客。

螺旋递进

<small>大近视——香港文化蒙太奇</small>

有人认为，评估指引有关知识衔接的五大要点当中，至关重要的是第二点 "螺旋式递进学习"。它需教师 "根据学习目标、学习重点及学习成果配合适切的学习材料组织学习单元，由小学贯串至高中，层层递进"。请别被螺旋姿势吓怕，学习语文犯不着钻洞穿墙，那只是按部就班形象化的教学步骤术语而已，旨在让学生透过适切教材，在 "形成小模块和大模块" 的教学运行模式上，反复地进行以巩固所学。

有教师选定某课本后，着力推崇，大放新年逐层爆破式的烟火表演，竟轰出 "不可思议" 四字：中一记叙要素、记叙抒情和叙事写人，中二创意想象、立意创新，中三记叙线索、方法和人称、选材剪裁、布局谋篇。单元从辨识应用到创作层次，3年内以螺旋式学习 "保障学生学到写作记叙文必须具有的知识，又体会到应用和创作的乐趣"。效果良好：初写600，到中三便能写2000字。"要让学生有这种大幅的进度和对写作产生这种浓厚的趣味，也是不可思议的。" 上述乃该教师获该出版社颁发教学奖项后的言论。

要达到所谓 "螺旋递进" 教学效果，难道不是教师一直以来的工作？我们的语文教育能教出千字学生，怎么连教师也啧啧称奇起来？这种所谓具备 "阶层性、序列性、科学性和系统性"的单元架构，又是否只保证量而不顾质、只保证学生感兴趣而不顾切实成效？因此，也有教师索性自组班底，自制教材。

　　教师一边处理新课程的内在矛盾——既不求知识系统的完整性，又要求螺旋递进的教学步骤，又要为行政工作千斤重的教师预备教材、参考试卷等。是为这年代的普遍气候。

大近视——香港文化蒙太奇

能力共通

中国语文自新课程改革以来,官方文件常见的学术名词俨如火星文,其中一款叫共通能力。此能力共分九种,乍看无所不包,实际上它不过是许多教师心目中的官方漏墨意外(应只属跨学科专题研习要点)。曾有人研究李白诗歌共出现多少个月光意象,如套进共通能力范畴,可算是运用了研习能力和运算能力;如这位学者用计算机小算盘计算,不得了!连中三元:运用信息科技能力。若学者因而彻夜未眠,便因运用解决问题能力而失去了自我管理能力,顾此失彼;而睡眠时间不足,足以影响他的协作能力和沟通能力,情况严重当然要看医生。

如教师同时读通本科的官方建议文件,应也读到"九大簋"之一:思维。曾出现至少两项疑似共通能力:创造力与批判性思考能力。这个看似摆脱了填鸭制度的菜谱,在此无意来一份片皮鸭两吃套餐,恰也反映课程撰稿员上至咨询下至指引,在教学理论梳理的工夫上有多妥善。这种"重章叠句"的传统文学修辞手法,在文件中就这样实践着,教师或编辑拟定单元学习重点时,或会在思维与共通能力两栏徘徊犹豫:放弃"思维"恰当吗?兼备共通能力,学生会混淆吗?

已出版的指引文件,在封面上先旨声明式写上两个大字:初稿。它意味着文件并非驷马难追，显出官方胸襟，以及大胆提议小心实践的精神。2005年问卷调查后，撰稿员修订指引，2007年推出更新版本。或已有人看做经典一样，把它高高举起："依本子办事！"编辑课本原则其中一项："在深度和广度之间取得适当平衡，以免内容过于冗赘。"抱歉，此非编辑教育指引原则。

教材版权

大近视——香港文化蒙太奇

新课程推行初期,风声吹得最烈的,相信是"无范文教学":不需再为鲁迅摘回少年时代的风筝,也不用再欣赏朱老父蹒跚的背影。这意味教师教学可更自由,不用受范文束缚,任教师因材施教,课本因此可有也可无。是为语文能力导向的伟大愿景。未几,官方为教材版权使用法则搭桥铺路,开办不同形式的研讨会,向教育界详细解释使用守则,包括仙游已足50年的作者免付版权费、影印书籍分量不该多于多少百分比云云,再推出一系列建议篇目和书目,获选书籍的版权,据闻已由官方处理,大可放心制作教学笔记影印。无可否认,版权课题是新课程实践的绊脚石。

神话破灭后,教科书出版社自然成为版权洽购的交易枢纽,为教育界解决了许多版权疑虑,并造就多家出版社的知名编辑大展拳脚。据官方的编辑课本原则,选用合适教材,纷纷向知名作家和出版社联络,促成多宗版权交易。洽购版权是一门职业,本地不如外国成熟,只在"使用它会否犯法"这个层次。我曾就一篇初选教材,去电出版社查询洽购条件,证明我不是这方面的专家:一篇数百字的小小说,对方开价五位数字。或许,对方不知道官方建议的好作品有321篇。版权在教学与商业用途观念上的落差,已到了这个地步。

"无范文教学"因官方(建议书目)及出版社(自选篇章)的积极介入,形成另一种"范文教学"。不过,它与新课程并无抵触:谁说不能用《背影》和《一件小事》教实用文写作(交通安全守则)?谁说不能用《出师表》教人称运用(提十三次"先帝"恰当否)?

写作话题

话题写作的定义是："给定一个词语、一件事物或一段能启发思考、激发想象的文字,作为写作的中心,不限文体,不定立意,自拟题目,要求作者写作的一种命题的作文形式。" 2007年"柠檬茶"正属此类;也有在话题前提供少量阅读材料,包括简短提示语。它不限考生用哪个表达方式,只要能从主题出发,能在作品中尽情表现书面语书写能力,文章条理清楚,"构思新巧、表达灵活、观点深刻、题材新颖"诸如此类,便可获高分,甚至给你一个五星级的分。

表面上,考生可自行做主,决定用哪个表达方式,又可发挥创意,远比指定表达形式容易。现实是：考生需在指定时间完成作品,评审员(现职教师)也需限时评改。评审员对创意的理解毋庸置疑,然而一场公开考试,又容得下多少没看漏的创意？内地各地有较多例子,如江苏用鲁迅语写一篇《人与路》,福建用假设的创意思维课上应付三个话题,请考生任选其一,发挥想象、感悟与思考。较近"柠檬茶"形式的有辽宁用的"肩膀"。

内地自1999年起,积极把话题写作引入高考,广受好评,更能考出表达形式新颖、想象奇特的作品,持开放态度,公开考生作品,让师生互相观摩。本地则只会担心学生背诵高分范例。君不见考试评分准则,如以该评分标准,有多篇文章表达相近意思,难道能得高分吗?有关往届会考学生的作品5至1分范例,仍未属可公开的文件。国家领导人去年年底提出香港发展其中两个方向:"创新"与"人才",而当今教育制度真期望考出作文高分的创意学生吗?

表达形式

发明"创意默书法"的学者，倡议把传统体裁分类（记叙文、描写文、抒情文、说明文和议论文），改称"表达形式"，例如记叙文，要改称具记叙性质的文字，如此类推。例如刘蓉《习惯说》可以是具说明和记叙性质的文字，周国平《妞妞》可以是具记叙、描写和抒情性质的文字……

鹦鹉学舌者自此爱抛"记叙性"、"抒情性"等"性"术语。撰稿员也不例外，在"学习单元设计示例"的纪实单元中写道："阅读和写作报章新闻、会议记录、报告文学、传记等纪实文字，提高写作叙述性文字的能力。"文件性来往教师也许司空见惯，"叙述性文字"之别扭，却足以让有色之士戴上有色眼镜观之。

思果早在1979年在《香港学生的作文》中大书学生滥用"性"字现象："……有些已经超过了英文使用'性'（-ness,-ty）的程度。"今天爱"性"者包括什么博士在内，已不能说是罪过；大家也请别怪责官方，怎么好端端的教学文件，会出现"记叙性"这等不纯正的中国语文——要准确翻译国外教育理论尚需时日。大家如果在学术上也心系家国，不难发现内地学者的论文也"无可避免性"地牺牲不少汉语规范，本地博士和教育文件撰稿员，怪不得。

学舌者毫不嫌烦，说新分类

法有助学生更易分辨和理解写作,认为记叙与描写不可分割,但要学生分门别类,以表达性质选文教学;尤有甚者,认为记叙比描写容易,如要分配学习步骤,须先学记叙,才学描写。学舌者误解那位学者的倡导目的(强调写作能力),把学者那些本来简单的论调,繁复地在阅读能力方面演绎一遍,愈帮愈忙。哦,学舌者不是学者,也怪不得。

以什么为本

大近视——香港文化蒙太奇

从编辑小姐手上接过读者来信,附厚墩墩的参考文件和文章。校长在信中鼓励我继续为教育制度多提意见:"校本评核(SBA)理念不清,理据不足,硬要在2016年一刀切各科施行,后果严重。师生有反映过吗?不是没有,且令局方稍为放宽,但死期仍定下了……"能以教育点评文章会友,实属难得;能阅览珍贵的调查文件,更感荣幸。

自他搜得的报章报道可见,SBA在前决策人Peter Hill口中是校方争取资源的理由。官方不公允且带误导的惊人响应,不顾教育回响而硬推时间表,并有"应该由政策的考虑带动技术的变革,而不能任由纯粹懂得评核技术的机构和人员把持大局"的说法!校长和老师因SBA而"天天测,日日评,科科考",我们的教育改革却常挂上"愉快学习"。

以生为本的精神向度,竟"任由"不用阅卷的非"纯粹懂得评核技术"人员把持大局,"任由"不用温习的司令发动不公平的考核战争,只顾用"资源"塑造教育界唯利是图的印象,破坏教育人士形象,用钱来转移大众视线,难道这是教育决策人应有的行为吗?

教育界也认同SBA是良好(却未尽善的)评量学习进展的方法,问题是:一旦连同公开考试成绩计算,学生日常评估作业、教师日常阅卷数目,也将增添教与学的压力。

如决策者只顾以政策推行来竞教育改革(最耀眼的是SBA)的全功,被填饱应试知识的另一批鸭子将会在不久将来,向这群不顾实际教学环境、不顾学生生死、不顾制度公平与否的非技术人士,在学习重压下痛苦成长,以疲倦的身躯来反证"愉快学习"口号的荒谬。

大近视——香港文化蒙太奇

批判思维

"万物变化不休,无有一物静止。/细碎层层依附,万物如此生长,/直至为人知晓命名。/渐渐消融,不复为我所知。"诗句由著名企业家、VISA 创始人霍克(Dee Hock)在《混序》中引作启首语,不难猜想他超现实的商管构思来自何方(诗乃古罗马哲人所写)。

霍克在首章问:"为什么任何地方的组织,无论是政治的、商业的,还是社会的,都愈来愈难以管理自己的事务?为什么任何地方的个人与他们所属的组织都会日益产生冲突和疏离?"他随意举了两例:"不能教学的学校"和"远离普通人的大学"。看后令人失笑:"组织愈来愈不能达到当初它们创建时的目标了,反而不断扩展,以致吞噬了资源、摧残了人类的精神……"看来天下乌鸦,只期望自己的,黑得不太离谱。

本地各区文化差异也大,为什么不能向教师放权?霍克在公司实践了惊人的商管理念:"既不是中央集权式的等级体制,也不是命令控制结构",世界各地消费文化也不同,正好让各地区员工为公司构想贴合当地的策略。教育界一直提倡以学生为本,学生学习进展的评核者,并非中央决策者,也非公开试阅卷员,而是每天接受少年敬礼的、处理少年学业问题的专业教师。

已有人认定：校本评核把持大局者不应是"纯粹懂得评核技术人员"（教师）。教育决策者看来尚未完善检讨以往的局部校本评核（本人数年前考 AS 通识总分 E，乃校本 B 而笔试徘徊 E 与 F 的结果），新学制也尚未实行，新课程更广受批评，还敢说 2016 年落实推行。决策者倘决意不检讨 SBA 的公平原则与教学反应，一意孤行，理应获颁"最大勇气奖"。

大近视——香港文化蒙太奇

有人说

—— 写在教科书公司挨骂天

练习常见"有人说"题,问学生认同与否。若是观点陈述极端者,这"人"通常不是名家,而是编辑。"有人说,木兰瞒上欺君而代父从军……"这等冒充"有人说"之说可谓居家必备,每单元总有四五六七道如此这般发挥题,小编充名家之举,表面上来个反传统,问问学生是否乐意搞革命,实际上早有预设答案,供老师判断婆或公。从前好奇"教师用书",练习题下套红答案为"学生自由作答"者,今天动动指头,后加逗号就来个"参考答案如下"然后破折号。好一个破折号,劈开教科书各幕后黑手的脑袋:先于学生猜想合理和不合理答案,协助老师同时建立两种观点,婆说婆有理之余,也搭配一个公,好让生态继续平衡。

"有人说"是小编劳作,逼不得已。"官方"答案不一定对,学生答案不一定错,世人需要个参考标准,小编就写个参考标准。需求没有对错,分工项目多样而仔细,劳力交换恰当,才叫文明。今天,占七成"市场"的某社运用传媒出招宣传,高层笑容可掬,捧书拍照留念,以为全港传媒都是公关机构,结果大家一致瞄向价格,好趁青春留倩影,纷纷变作罪魁祸首趁火打劫,种因得因,善哉。

编辑同行所花时间,或曰考证《木兰辞》哪个创作年代较可信,或曰联络作者担任哪个项目顾问,心神全花在教育部署,而非用哪个招数夺多少客户。我是教科书编辑(公司没占七成市场),编务也全靠同事赐正指教,才活到今天。某社因一时宣传妙策而让公众蒙住双眼,看不见编辑心思,坏了形象,并不重要。木兰一时呼可汗,一时唤天子,作者到底活在北朝,还是隋唐;木兰自行购置军备,是害怕女儿身因准备服装过程而被揭发,还是作者根本生于隋唐,据府兵制(自购武装)而虚构故事……有人说,没有人说,都是点拨;是名家,不是名家,并不重要。重要的是,谁得益。

维港

巨星

再会

与陈子谦对谈

大近视——香港文化蒙太奇

快乐开卷
俗乐对谈

——评谢安琪2005年度首张专辑Kay One

陈：近日全城最热的话题大概是偷拍事件吧（原来大家对刀光的兴趣不及春光）。影视处才收到八百多宗投诉，《便利》已加印了一版——我想那可不只是八百多本吧！这时候，谢安琪主唱的《开卷快乐》最应景了。

袁：（严格来说，刀光应说成棍光）春光看来就是个娱乐事业吃人游戏英雄终极打大佬的循环法则。连陈小春也成了卫道之士倒可说是整件事的反高潮，没有比这种"抱不平"现象来得更怪异吧。

陈：更怪异的是大众的善忘吧？才挤进道德高地，便忘了堆积满家的娱乐杂志——谁说我们是无辜的？我在yahoo拍卖场查了一下，还有四十多本《便利》待售呢。

袁：话题一牵涉道德伦理，再好的歌也难尽言。我以为《开卷快乐》的"精密布局在四周／酒店角落齐备超广角的镜头拍下各种丑与丑"已经道尽娱乐圈一个方面。这歌词早在2005年5月发表，Kay因为歌唱比赛获周博贤赏识而入行，可是"要尽唱憾人的歌／不讳言此刻的价值／随时间流逝"述志且带有预言成分的风格，给同期抒情创作歌手王菀之比下去，用销售数字（15000VS800）足见流行乐坛情感伤痕泛滥的气氛，周博贤、李思聪和Kay等人都改变不了什么。

陈：只卖出了800张吗？我手上的

是2006年版的,想来是后劲发作吧!我最初是从你send来的歌词去接触《开卷快乐》的,一开始觉得歌词还不错,但嫌它把同类现象罗列太多,略显重复。后来买来一听,感觉好多了。节奏那么急,歌词的密度在音乐中大大浓缩,有时甚至来不及听清楚——但这不正像来去匆匆的娱乐新闻吗?说它急,值得细味的细节却也不算少,比方你刚才提到的那句"酒店角落齐备超广角的镜头拍下各种丑与丑"便是了。"与"字通常用来联结两组不同的事物,"丑与丑"仿佛冗赘,却讽刺了娱乐新闻拍来拍去只是专挖隐私的单调面貌。但我觉得最妙的还是这句:"阔太 High-Tea 一不小心／背后 T-back 与民同乐。"阔太 High-Tea 本来属于上流,一下子便给扯下凡尘,当个笑话。"与民同乐"云云,乐的只是我们吧?只是短短一句,便道出了娱乐新闻的吸引力来源了:瞧瞧那些高高在上的名人怎么出丑!

袁：克莉斯蒂娃（Julai Kristeva）引谢琳（A.Zbinden）"偷窥"想法,就是一种"纯粹形式的、美的"追求（颇变态）……不是为这带犯罪感的癖好合理化,只是《便利》的数字无独有偶也是10XXX vs 8XX,一个只需掷出十多元便可加入的集体偷窥运动,一个不合道德比例的数字,销售逾万者在市场占了位置,具有理想的述志者则只有近千的呼唤。而歌词中的 "背后 T-back 与民同乐",则可想想:穿 T-back 者其实早有暴露的心理准备,"与民同乐"就是女星、阔太搏上镜的潜台词。

陈：这个也有可能,只是这种搏上镜的方式倒像是小明星多于阔太呢!无论如何,"一不小心"、"与民同乐",总有其中一端构成了尖锐的讽刺。不过我们也别把功劳全交给歌词,不如也谈谈音乐部分吧!粤语流行曲偶尔会吸纳爵士乐元素,但不大会运用爵士乐中较尖锐的和弦。不少歌都是较亲民的 bossa nova 跟 fusion,又或者只是加插一点爵士来当过场。哪怕是出色如包以正、Ted Lo 的爵士乐手,在本地流行曲中的演奏往往也很克制,像 Ted Lo 这次如此精彩尽兴的爵士钢琴演奏,可真少见!作曲者林思聪问:"为什么广州话与爵士乐总不能成功磨合?"这是在本地流行曲史上颇有意义的尝试,而我认为:他们成功了,谢安琪也应记一功,跳脱的唱腔跟音乐的速度感甚至很配合,只是有些低音未够厚实,最后三句也唱得有点勉强——不过,她在第二张唱片《K sus2》中已进步不小了。

袁:你说的乐手我都不认识。我反而极喜欢中段低音大提琴 Solo,自问听碟不算勤奋,但流行音乐一打进 K 歌房的,我都尽可能听进耳里,管弦乐(港乐)、小提琴 Crossover 流行歌手老是明知

不可为而为之,就是没遇上浑然天成的。这首歌是我 ipod 的 top 25 most played,其次是王力宏的《在梅边》(学生介绍,五月天阿信填词,Rap Mix 昆曲,超级癫)。最令我吃惊的是,Kay 等用自己的作品《丧婆》和《误入歧途》,同一曲式,歌词同一意旨,却用了不同节奏和演绎方法,大玩方言来劝勉自己别天真。当上歌手后一待嫁个有钱人,兼扮老婆婆乡音,节奏轻快:"从前阿婆咁样讲过/踏实正途只得一种咁多/日后咪行歪路错/唔系你实捱饿/入行要做攞奖果个/做事要做大口嘅公司/谈情要同公子喝/仲要身家够多。"自省得这么醒目:"天生我系丧婆/风格太自我/飘忽本性专搞爆破",就是只有 800 张销量也不怕了。《误入歧途》节奏缓和之后,甚至将之前的方言歌词,转译成书面语,比黄霑那种粤语/普通话可兼用于同一曲式的,有一

个"爆破"式的实验结果："孩童岁月拖着外婆／学习礼貌谈话不准太多／入学拼命温功课／全为出色结果"还未及评论互涉的文本当中内外叙述者课题，我就被这两句吸引住:《丧婆》的"试过去玩实在冇乜错／有错最多咪从头嚟过"和"过往有些事物错失过／却再不可以从头走过"。真想问：怎么想到言志流行曲可以玩到这个地步。

陈: 你强调歌词中的言志，我想，换个说法，那就是强调个性，跟外界保持批判的距离。这几乎是贯穿整张《Kay One Plus》的主题吧！Track 1是谢安琪的清唱，背后是断断续续的水声，听来像是在洗澡时挪动身体的声音。在洗澡时放声哼歌，那大概就是最坦然面对自己身体的时刻吧？讽刺的是，紧接着的第二首便是讽刺纤体热潮的《姿色份子》："不可思议，看看本周的杂志／爱美标准一致／纤体主义，灌溉这一个城市／全民受到恩赐"——纤体，有时仅是出于不敢面对自己吧？你曾提到本地歌坛情感伤痕泛滥，其实这张唱片里也不乏情歌呢，只是不怎么悲惨吧。但就算是较像典型情歌的几首，也同样强调个性。比方说，最像典型情歌的《臭男人》听来尽是深情女子的形象："总之喜欢你不需讲天理／我发觉我爱到我变态与死心塌地／想张开双臂飞身箍紧你／再以绞剪脚把你升起。"但后段也不忘强调个性："不必多演戏假装讨好你／你说最喜欢我有我个性再不需顾忌。"还有首《跟我走》——由多年前的彭羚名曲《来让我跟你走》到谢安琪《跟我走》，无疑是有什么不一样了。相对于主题的集中，谢安琪的唱腔则颇富变化，明明是同样的声线，在《一人之夏》中仿如at17乐队，在新碟中的《菲情歌》却又唱出了林忆莲的味道。

与陈子谦对谈

菲情歌抑或非情歌

——从谢安琪专辑 Kay One 及 K sus2 说起

袁：我看过一出叫《等等等等》的独立电影。它用角色交错重遇的手段，探索本地居民的文化身份认同（新移民、老师、菲律宾女佣、村民等）。其中一个片段讲述思乡菲佣在一个只亮起一盏灯泡的房间中，与故乡友人在电话中详谈近况（我常好奇女佣们节奏急速的对话，内容到底是什么）。

看来 Kay 的《菲情歌》是少数关心弱势社群（他们占了天桥和路边野餐，过路者谁敢说不会反感）的歌曲，甚至连 MV 也选皇后像广场实地开拍呢！难得的是，摄制队当真向女佣解释拍 MV 的目的，并尝试跟她们谈谈这首歌的意思；以往关怀社会的歌曲，歌手多在录音室困兽式灌录、在台上居高临下群星大翻唱，像这个歌手和 Kay 的音乐班底一般亲身接触创作对象、走进自己作品所谈论的空间的，相信只占极少数。

陈：我没看到这个 MV，但听来很有意思。至于能否真正"走进自己作品所谈论的空间"，最少还牵涉两个问题：那些菲佣能够接收到这些讯息吗？这仅是表演的主题抑或同时连接创作者的日常生活？——当然，我觉得他们做到这一步已相当难得了。《菲情歌》的价值还需放诸本地乐坛情歌当道的脉络来看：这是"非情歌"还是"情歌"呢？《菲情歌》的开端犹如大路情歌："昨晚依稀的感觉梦到你／一起沙滩中嬉戏／差点可伸手将你全包庇／那钟声分开我与你"，听下去原来是菲佣给远人的情书。以《菲情歌》为题，深情中仿佛有几分揶揄。从什么时候开始（如果不是一开始），本地歌词把抒情的对象收窄到那种地步？菲佣是无数香港人的成长摇篮，为什么从来没有任何流行歌曲关心过她们？她们的情歌，究竟又算不算情歌？想起电影《细路祥》的一幕：孩子受了委屈，母亲准备好给他一个拥抱，孩子却扑进了菲佣的怀里。

但当我居高临下地批评情歌泛滥，我也无法摆脱它们的影响。比方说，我初时总是不自觉地把《我歌……故我在》、《The one and only》、《跟我走》，听作情歌。三首的内容都是歌者向听众致谢，就字面理解，这无疑是词人代Kay所拟的自况；倘若当做隐喻，理解成对同途爱侣的谢词也无不可。此刻我无意全盘抹杀第二种理解的可能性，但为什么我一开始会义无反顾地朝这个方向想？这便是浸淫情歌多年的痕迹吧。

袁： 对于"情歌当道"我倒有另一个看法。《情感的实践》（陈清侨编）论及的情歌年代我不打算在这里复述一遍，不过看它研究的香港流行音乐工业，我们就是"居高临下"察看这气象也正常不过。题材狭窄并不是问题（至少我所接触的粤曲大都是情歌吧）；创作人有没有创意、胆量、智慧，才是我们至今抓住Kay不放手的理由。今天见明星都要出书赚钱，又或建立明星的文化形象，反过来看，就是大不如前的唱片工业式微萎谢。Kay可以脱颖而出，并非全因好嗓音和技巧，而是她可为唱片业证明一回事：CD仍是值得我们去买的，歌词作品是值得我们去分析的！

早阵子，会考发榜大家挖歌手成绩单这一举动，更是有趣。歌手学术成绩与音乐成就根本难以相提并论吧；本地乐坛要的一向只是音乐演绎天才！听众们现在渴求70至90年代歌手复出,就因为本地大部分受捧的歌手,一般都只有漂亮脸孔,既没有音乐艺术教育基础,也没有一鸣惊人的声线。而Kay不但歌技好,还肯到商场唱歌,出席大小品牌活动,加上她语文水平高,受更好的音乐教育,只要她点一点头,相信无人不支持吧。

容祖儿这位音乐演绎天才就凭《未知》先展示歌艺,却久未露面,保持神秘。听闻Kay出道就是模仿她了。不过,难怪香港普遍听众被创作人用情歌塑造成型:记得Joey首个演唱会,先闻悦耳笛声……谁吹奏呢?有人从台下升上来,原来是Joey!她手执长笛,奏起《告解》前奏,听众(包括我)无不欢呼:原来Joey也会玩乐器啊!香港流行歌手竟会玩乐器啊!唉。又有谁会记得、谁又会关心《告解》原来是谢霆锋作曲的呢?大家都忘记了1995年903如何打造一个鼓励原创的频道——理论上,本地歌手早就拿起乐器来。一个歌手拿起乐器,观众就赶快举高双手、掌声鼓励,还有比这更不可思议的事情吗?

可以想象,怎么大家都想听情歌呢!简单、易明、易唱,容易入处境式的情绪位,便是标准情歌需求曲线。只怪音乐分工分得太清楚。真希望Kay可以继续参与音乐创作的部分。

陈:你刚才说题材狭窄不是问题,我只能同意一半——不同的词人各走偏锋,许是百花齐放,但大半个乐坛都同走一条窄路,那可不妙。周博贤锐意开拓各种题材:纤体、菲佣、娱乐新闻、亡命小巴、茶餐厅……当香港特区政府时刻高举中环价值,《我爱茶餐厅》则大赞茶餐厅朴素可亲,并伴以粗犷的电吉他跟俏皮的唱腔。我更偏爱风趣要死的《亡命之途》:"客满一秒/脚掣放开/超速飚车像竞赛/搭客尖叫/当做喝彩/司机跟速度在恋爱。"同样幽默的是以迷幻的曲风跟歌词美化恐怖的现实:"身边映像化开／(迷离幻觉车厢覆盖)／时空扭转极精彩／(数秒像变十数载)。"我还记得自己初次乘搭深宵小巴时问过身旁的朋友:"我们不会死吧?"接着便对一切依依不舍,下车时的心跳声也响得跟歌曲的结尾一样。忽发奇想,既有亡命小巴,何不再来一首旺角?哪怕当做商品,以香港的青年圣地为题,还不致无人问津吧。地志书写在香港文学、电影中早已有之,流行曲却几乎交了白卷,可得加把劲啦。

你曾提及《菲情歌》的社会关怀,这一点在Kay的两张唱片中都颇明显。这些歌不总是让听众高高在上地批判众生,或像安坐家中收看慈善节目那样,以安全舒适的距离来怜悯。《愁人节》写佳节中有人欢喜有人愁,倘若把焦点置诸失恋者,便能轻轻松松地凑成情歌,而它偏偏把镜头瞄向一点都不浪漫的失业者跟露宿者。如果说"普世欢醉／燃狂热情绪／尽力购物寻购"还未算把矛头指向听众,且听结尾"衣着矜贵的／温暖饱满的／与身处福中不觉的／这天你有否兴趣／听他诉苦几句"。我们以前提及的《开卷快乐》,也绝不满足于把娱乐记者嘲弄个够:"要是你肯花钱／当做有点消遣／切勿以太高深尺度量度。"没有顾客,过火的娱乐新闻可以生存吗?偏偏衣食无忧、埋首娱乐新闻的人,往往正是流行曲的衣食父母(别忘了,谢安琪一众并非搞地下音乐),歌词可对之毫不留情呢。谢安琪及其班底(尤其是周博贤)可贵之处,或许正在此。

> 陈子谦,曾潜伏于香港中文大家中文系研究院,偷走过一两个文学奖项,教坏过百多个写作班学生,近日破壳而出,妄图把魔爪伸向散文、小说、影评、乐评以及一切未知的领域。

双CD单碟价的失效世纪

大近视——香港文化蒙太奇

——在共时语境中的双生儿现象

一群不懂唱歌的歌手，为文化界提供交梨火枣——凡有论及相关艺人者，都能得道升仙，超然物外，在专栏摆出一副目空一切的姿态，批评新一代歌手如何如何。这一群歌手，自然是他们玩不烂、写不厌的写作题材。然而，在这新旧好坏的对立位置中央，香港上一代歌手真完美无瑕吗？谁来判断，甚或凭什么来判断代表一个时代的人物？每个年代的流行曲都有它的缺陷，不过是都给电视剧情意结和歌手惊世传奇而包装得太美好，大众的哀戚愁思都一下子塞进这个年代。包括笔者在内，没人能在这共时的语境中，寻找一条新出路。

从自家品位说起

家父家母当年迷上不少香港歌手，是个典型音乐迷。他们薪水不多，却舍得花钱买唱片。我有幸在这个温室里，沐浴于丰足的物质和精神生活中，并接触不少80、90年代流行曲。我既身为双生儿的"同代人"——同在80年代度过童年，一同听过张国荣梅艳芳谭咏麟然后张学友关淑怡李克勤再者达明一派，Radius、Beyond（数不完的人名队名听不完的歌声统统都是我们曾经模仿过的偶像），也见证过一众歌手的高低潮起伏。

失效世纪与甘草万花筒

恃才傲物恃宠生骄者如张学友和李克勤,都曾经历一段事业低潮。其后浪子回头,有才华者自然豁然开朗。今天,双生儿的资本并非才华,而是硬生生镶嵌在歌唱行业的奇谋怪略中。双生儿崇拜者要的是自己也会唱的歌,要的是随唱片附送的洁面磨砂和香水唇膏。在流行曲过度商业化的趋势下,提早缅怀80、90年代,值得再听的都"八音盒"、"万花筒"、"家传户晓"起来,自然不难解释。

从英皇文员和Y2K演员到偶像歌手,众所周知,她们都不是因歌艺而入行。年纪小、样子甜,高唱《明爱暗恋补习社》后,摆脱校园形象,换上街头服饰,继而"订了班往欧洲客机",童稚声线不但跟吉他solo打得火热,而且跟不愿成长的新世代不谋而合,可谓无所不能。

在今天潮爆明天outdate的时代,"红馆开个唱"也不再是歌手愿望。这个80、90年代歌手的珍贵梦想,已成为甘草歌手双CD单碟价式、"万花筒"式的集体表演场地,并为缅怀20年前的人唤醒集体回忆。

"克"不容缓的青春危机

古巨基重返乐坛与李克勤分庭抗礼,在金曲颁奖前听闻更有李克勤势要"打爆机(基)"的姿态。这等实力偶像回潮后,双生儿在失效世纪的价值,末路或许就是儿歌姐姐路线。

舞者歌手郭富城举起三根手指对你爱不完,台湾小旋风17岁小男孩林志颖跳跳舞挥挥手诉说今年夏天,都是我们的美好回忆。我们这一代忽然说普通话起来,也多得这一批歌手。当年他们卖光了青春,剩下的就只有演艺事业的浮光掠影，不留痕迹。

为什么忽然流行的歌手忽然又消失掉，不是他们运气不好，就是行为不检。左右双生儿发展方向的，就只有策略。一个策略成功后，又要构思另一妙计。她们再不能走回头路，穿上校服展示简单脸孔，二人面贴面分享同一个close up镜头（她们穿校服攻入台湾又另作别论）。毕竟失效世纪所有事物都早夭收场，无一幸免。

阿Sa在《下一站天后》的通俗感怀，阿娇在《公主复仇记》的文艺哀叹，同是编剧和导演借她们身体说话的最佳示范。尽管后者全赖精心设计的对白和镜头角度（老实说，最需要演的、最能发挥的部分，是阿娇暴走湾仔的一段），可也算为幕后人跟观众筑起了一道桥：演员才华不足，倒可突显幕后实力雄厚。尖刻地说，这或许就是今天她们的价值所在。

红馆不再是歌唱的许愿树既成事实，80年代"劲歌金曲"演艺竞技和年终成绩的意义也荡然无存。奖项作为实力保证也失效了，宣传唱片的资本，只剩下一个钱字。双生儿纯粹是"钱搵钱"策略上的棋子，而不是早慧者寻找发展方向的个体；日后如何发展，唯有自求多福。

先于确凿的温柔

大近视——香港文化蒙太奇

1

读小说、写小说,是个虚构的信仰:不陌生地盲目,不迷惑地守护。

写作前,我们常写预示小说付印前的书写纪事,它有诗有札记,无所定向,却添测量一个距离:"故事离真实有多远?"作者以外,谁会知晓?

记录阅读痕迹是重要的。确凿证据、黑字白纸之前,总有或浅或深的思考痕迹,这个本是述说对创作生命的自我要求。寻回杨牧的一段话:"我们都体验过创作的难易。笔下快慢,或迅如清风,或滞碍如浑泥水,原因不能明白,甚至可以说是神秘的。"他在书中训勉的对象是"青年诗人"。我相信,个人记录总有它的意义:今天于己,他朝于人。

创作难易与快慢,无法解释;因此而生的语言,不因工具笨拙、沉重或失灵而影响素质。漫画《恶童》如是形容"饿鬼"这角色:"舍弃爱情,摒弃言语,只相信暴力。"饿鬼自然不理解什么是创作:他以饥饿和暴力替代言语和爱情的力量,而言语——源于诗歌的言语,该是表里如一的、如受爱情滋润的温柔。

2

无故记录，或会成为别人阅读自己的材料。写作前所搜得的资料：从作品追溯作家笔记——如是。要妥帖地知人论世，就得寻找别人的记录。这与揭秘无关。郁达夫《移家琐记》中的自我引录，固然属自怨自艾并且自恋的各个"自我"结合，却又不得不视之为郁家贫穷的确凿证据；因贫穷而衍生的小说，从自家身份前途投射国家前景，都在半世纪以后逐一举出。

自恋的益处是，让更多人更容易记得："怎么有这样自恋的人？"而体现这好处的人，往往唤起不少人的关怀，远如普鲁斯特，近如三岛由纪夫，无不因自恋而生成个人习惯，而后从个人习惯延至作品，把自己悄悄地或明目张胆地放进作品里。思考痕迹还是如此可贵，哪管它出于谁的脑袋，哪管它暴露自哪个躯体。有人曾在时代中加上思考，它的价值，定比个人情怀更高；它的温柔，定比爱情滋养更持久。

月神艾柯迷路书

大近视——香港文化蒙太奇

1

一个埃及传说:月神向法老塞穆斯展示防止人类遗忘的技术——书写。塞穆斯却认为,一旦人类获得这"发明",就没有磨炼记忆力的需要:"彼等记事,将不再因内在之努力,而仅仅借助外部工具的力量。"电影中的女王偕王子往郊外狩猎。她独自驱车,遇见一头鹿。隔岸相觑:孤寂的对照。电影收录郊外的寂静。寂静包围她们。我忘了女王在电影院中回荡的一句赞美,只记得一两句对白。"快回家吧!"女王恳切地跟鹿说。"迷路了?"女王疑问。演员的容貌和嘴唇的动态。迷路的回音反问她自己。

人类猎杀野兽后,会翻开肌肉和内脏,保存兽皮来记事和写作。女王所遇上的那头鹿,不会被人翻开皮肉来写作。她的皮肤本是人类书写的"外部工具",电影中的她却为王子带来丧母的安慰,为银行家带来炫耀的理由。倒挂的鹿已流干了血,她的皮肤,充满写作的潜力。

2

艾柯在埃及亚历山大图书馆演讲,为《书的未来》做了个开场白:记忆三种,以及月神传说。他站在一座图书馆内分析书也许消亡、女王站在自己的领土问一头自己管治的鹿是否迷路……凡此种种,迷路于兽与书的消失之先。女王迷路,兽迷路,书也迷路。文学概论课导师总会引述小说叙述全知和限知观点概念。它一方面说明作者权柄长短,另一方面说明人类仿效上帝(叙事)的欲念:"(发明图书馆)是因为我们自知没有神的力量,但我们会竭力效仿。"叙述如是,书写如是,记忆如是。月神所发明"书写"这一技术,生成一本又一本冗赘或单薄的书;它并非纯粹"外部工具"的发明,而是人类深知记忆的可靠性:无论自己的记忆力有多好,也抵不过既成的书。

"人可以将得自一座大图书馆的信息存入心中,这使他有可能去习得上帝智慧的某些方面。"在学习上帝智慧之前,我们大可想象一座收藏兽皮之书的图书馆,每本书所隐藏的至少有两个东西:一个是曾为动物保暖的皮肤,另一个是灵魂偶尔迷路(所以书写)的作者。

3

艾柯说,记忆载体分三种:生理(由血肉形成并归大脑支配)、矿物(从几千年前用陶板和石碑到今天以硅为基础的电子记忆)和植物三种形式。不过,"史上最早的犊皮抄本也源自动物的身体,第一张纸也是由兽皮而非木材制成"。换言之,在造纸技术改良之前,古人还是信赖动物的皮肤高于植物。

出于生理记忆,终于植物记忆,这是书:"(亚历山大图书馆)将来也会是植物记忆的圣殿。"图书馆这公共建筑,牢记一个人没可能以大脑通通记录的、以千年计的生理记忆:"(书)始终都是一种全人类的大脑,让我们得以从中寻回遗忘,发现未知。"想象一下:整个地球都停电了,我们还有12小时日照时间,在旭日与夕阳之间,捧读心爱的书。这是依赖植物记忆的好处。

故事离真实有多远

大近视——香港文化蒙太奇

1

数年前读过张大春写的小说修正论,提到作者倘若在错处涂上改错液,若干年后液体化学物质被分解,错处就显现出来了。相信这是最令作者感到尴尬的。想象一个作家曾否修改、写法源于哪本书,是阅读上的猎奇。

专业读者又如何?江游在专栏写过这种极需文字工夫了得的行业:"校对之重要,不仅在确保书稿没有错字,更要查找原稿在文字上的差误。"提到"消失的行业",他也不无感慨:"活字排版和校对行业的消失,我认为是近代出版史上的两大遗憾。"

也许是出于江游式的遗憾,加上走访欧洲时买过的卡夫卡《审判》原稿印行本,画家智海将出版的英文著作 The Writer And Her Story,会用打字机依原稿打一次,再将文章扫描,以图文形式再现于计算机排版软件上。卡夫卡原稿出版者甚有心思,全依痕迹以计算机排版重现一次:"书店有作者全套原稿!"买书这档事儿,是多么奢侈!我想,读者的幸福,也许就是建基于作者、校对和设计师的刻苦。

2

"我"多写了一个"们"字,涂改后只有"我"。那多出的一个人、一群人,甚至一代人,被湮没于改错液后。作家修正一个作为开首的代名词,发生于虚构情节中的人物因此被迫逃亡、迁徙。作家在纸上如是修正一个虚构东西。倘若现实呢?有人说,人承受不了太多现实。或者,现实中不容许人说谎、犯错,改错液则是宽恕的文具。

有个爱尔兰作家在自传中写过一则逸事:未成名前,有人访问他的创作近况,他胡扯最近有人预付1000英镑,要他写个剧本;记者追问,他竟连剧名也即席创作,有板有眼。消息传出后,该报以此作头条,一发不可收拾。作家自作自受,终要依自己的谎话写剧本。

作家肚里总有许多故事吧。要求严谨的、说话绝不轻率的作家,会花许多年储蓄作品,待可发表之时才编成书,叶爱莲也不例外。听闻已有人收到她尚未印成的腹稿,是故事以外的故事。绝不信口开河的叶爱莲,只能默默躲在纸后严谨地说故事。

3

1849年,出版者菲尔兹在长途火车上展开被卷成小筒的手稿。手稿其实未写完,可他已决定要印刷2000册。知音寒夜到访,任海关人员的作家霍桑接待他。出版者死盯着写字台的眼神在回应作者:我想继续看下去!如此渴求虚构情节,如此依靠文字亲密地接触。眼睛甚至可穿越任何不透明物体,仿佛写字台就是他渴望追读的一本书,把台面翻起来,倒出看的所有字。

言谈间,霍桑觉得自己仍未写好,不想给他再读下去。他临离开的一刻,霍桑改变主意,自写字台掏出另一筒手稿,交给他。读者可以想象作家临时改变主意、冲到门前把稿件递给出版者的情景。J.T. Winterich笔下的 *Books And The Man* 写出一个连打字机也尚未发明的出版世界。而书也是个不透明物体，书皮下仅只束有一叠纸而已。"书本里的'生活'可能完全不像真实的生活，但只要它是活生生的，是完全在自己的特定安排下完成的假设，读者是会相信的。"此书中译本序文如是写。此栏换了面具"先于确凿"，正述一个写字人在假设世界里外进出，把文章送到滚筒油印机前，如何读、如何写。

残酷一笃

1

计算机屏幕指示森逊爸爸Homer"press any key to continue"。他瞄瞄键盘照读Esc、Tab、Ctrl……怎么没有写着"Any"的键?一众追逐高科技者统统哂笑一阵。Homer缺乏电脑常识,到底有什么好笑?

一个未接触过计算机的大人,不懂得运用计算机是荣幸而非耻辱:他们秀丽的笔迹,见证昔日文化盛年与省思。时代看似太快,就连我们的大人都焦急,纷纷追一张IT证书才安心,以为笃笃计算机便可防备有人淘汰他们。大家都被这时代欺骗了。

9岁神童在记者会当众被某人食指一笃。他整个身体都是任何人的"Any Key"——大人意图在一个孩童身上笃走童真,却又被他这个反弹,反驳了大人对童真可贵的不理解。那人所笃的是神童之首。他痛吗?那一刻他有被羞辱的感觉吗?

电影中的周润发说:"我最憎人笃我个头!"刘德华、周星驰说:"唔好打面!"神童身如钟摆,往左边一跌,又弹回来。神童当然是不倒翁:他要理解这世道的人生攻防战,尚有一段长长的时间。告别自己的童年,将踏上一段没得与学友屈蛇生活的大学岁月。这是神童被大人搬出后所要踏上的宿命:孤独。

2

免费报纸引录新牛津辞典的 Homer 语例:"孩童是由互联网养大的。"还记得他的肉眼搜寻器吗?在键盘上寻找的"Any Key"并非烂笑话,只要想想智者 H 和愚者 H 父亲沉默形象与性格缺陷的逆转,恰恰隐示孩童其实任他们按任何一个键,也会独立地成长起来,不用愚蠢地找那个写明"Any"的,指示他们继续人生。

"Any Key"不难看出,就是《失物之书》父亲跟戴维继母所玩的、讨欢心的小聪明玩意,多么愚昧。我们再看看电影《无恐不入》中"超人妈妈"在火车车尾如何劝人妻子跳下火车。妻子终陪丈夫一起对抗外星丧尸,挨它们的绿色呕吐物。拯救世界的是幼时患重病的平凡孩童;无眠,则是超人妈妈拯救儿子和世人的代价,暗示了单亲妈妈的辛劳。借外星生物宣扬母爱,只此一家。

这年代捧的童星都如此文化,大人若不更英勇,如何保护童星们非凡的成长路?我们不难发现:为什么我随机找来的孩童,竟有如此老气横秋的少年慨叹。神童不是孩子吗?大人想他有个成熟形象,却得出玩就别打呵欠的真小孩。而我们所喜爱的,都是充满童真的孩童;偶尔发表惊世言论、写出惊世作品的,就比神童更值得称赞了。

3

由此,我对十个十岁左右的小孩做了个专访,问及九岁神童有没有为大家带来压力,杨同学反应最大:"我家就常拿他来跟我比较。"我扯开话题:"那么你们也有梦想吧。这个年代充满梦想啊!"邓同学却反驳:"这是个没有梦想的年代。"

我邀他在白板上写句子。这

是他所写的:"这个年代,新闻大多都系讲股票,唔讲细路(孩子)。"或者说:唔讲寻常细路(孩子)。传媒拿神童给寻常孩童扫描,扫出了一个事实:这个年代的梦想,不属于平凡人。回归歌曰"能力大小也力拼",工人们却在街上等待商人回复。还好,孩童都亲身见证"是谁留下血汗就是个精英"的虚伪。

最后,我问:"香港回归十年,你们过得怎样?"有个女同学这样回答:"最好不要有迪斯尼啦!入到去只系要我买。我中意海洋公园多!有海豚!"他们渴望的是动物,不是消费。这才是孩童真真正正渴求的。这才是我们所需要的时代初稿。

文化与部长

大近视——香港文化蒙太奇

专栏作家呈显人文关怀以写作,眼高手低者不假思索搬字过纸;文学作家健笔专栏,时代侧影与人文关怀兼而有之,不由读者不拍案。90年代末,西西为朗天主编的《星岛日报》副刊写"中图站"专栏,一如昔日"剪贴册"般,图文并茂。笔者高中时代(三峡古迹仍未被灌满江水)曾躲在学校图书馆,每天把它们一一细读;后来专栏由台湾洪范书店辑成《拼图游戏》。

在《文化部长》中,她谈到埃及的保育事业:"1954年,埃及政府决定兴建阿斯旺水坝,尼罗河畔的古迹将被宽阔的水面淹没。"该年,有个纽约大都会艺术博物馆馆长要来收购庙宇,把此举自捧为保护文物的神圣任务。"贵馆最好还是提议如何用现代科技来拯救人类文明遗产,而不是光做买卖。"买一两座古迹又岂能说成"保护文物"?

金钱换不来国家尊严,然而,埃及政府国力有限,扶助千万贫民才是要务。于是,他向联合国求助;可惜,答应支持的国家纷纷变卦,中东战争没完没了。欧卡谢没有放弃,最后仍能把古迹割切拆解吊运高地再拼砌。

西西有没有借此侧写长江三峡工程,无人能够核证;书写年份却又对应时事,为读者留有一个思考的方向:参照(同是)古国文化保育要员的气量和视野,为国家和人民保护文明遗产。

下一站，香港

自问算不上一个电视迷，下班后我在半推半就下姑且看它一两眼，就发现一则骇人广告。故事讲述一名女士隐瞒男友去行街街。路过车站时，男友致电喂喂喂你在哪里。视频电话差点要揭穿她行踪之际，灵机一动，把视像镜头一举，对准车站墙上的一幅画（铁路公司声称他们在推广艺术展览而游遍香港中环站仅有的那一幅），说了一句令人喷饭的话："我在艺术馆呢！"

教人感到难堪的，并非作品本身见仁见智的艺术性，而是广告创作人低估或是讽刺大众欣赏艺术的鉴赏力。今天毕加索空降巡游，刚好降落在那幅（看来永远也会镶嵌在车站墙上孤独终老的）画作的头颅上。相隔差不多一个世纪，谁也料不到毕加索会在"艺术馆"上出没，还携来莫内、马奈、雷诺阿、塞尚等印象派大师，简直想把整个法国搬过来。至于车站范围内的艺术作品，恐怕只剩下布满墙壁的瘦身排毒平面广告。

铁路与艺术的关系密不可分。《巡游》合作者之一奥塞美术馆（Museum of Orsay），本是十九世纪末巴黎一个铁路终点站，闲置近50年后才改建为美术馆。大师们抵达香港站后，能否给予铁路公司一点启示呢？另外，本地发展商与多个国家美术馆，正朝向对岸另一片新地方蠢蠢欲动,已知的机构包括法国蓬比杜中心(Pompidou Center)、俄罗斯赫米塔基(State Hermitage Museum)等。西九龙会否成为另一个朝圣地也是未知之数。然而,这仿佛隐示香港艺术家又少了一个展览空间。

将来游客来港喊句"I Feel Good",原来是因为迪斯尼和法式美术馆,而不是因为香港。谁会为这样的一个将来而后悔呢?至少,有我一个不快乐。

清场前后的集体催眠

传媒几乎一边倒紧随政府挟工程合约以及"发展"二字来大反民智,可哀而残酷的现实。传媒在位者怎么急于展示殖民政府为他们提供精英教育后的爱国成果?最好令祖家不再看见香港CBD存有殖民建筑群(不如拆毁立法会,搬到赤柱做餐厅?)。拖延工程等如浪费公款这套言论,我辈眼中是注定失效的集体催眠。我身为纳税人,绝不认同现时政府一意孤行,挟着合约狠狠将那指向"发展"的手指,往维港更深的地方指去。

试想想:怎么周润发这个土产国际影星会到皇后鼓励回归后才接受中学、大学教育的年轻人?怎么龙应台这个台湾代表站在皇后天台做一场别人眼中的迷你秀,获得多名"本土行动"的认同与欣慰?怎么莫言来到码头就握住拳头拍一张照片?是什么因素,令他们纷纷来认同保留历史建筑的价值?难道驻守皇后人士尚未获得本土"大部分人"的认同吗?他们的热情与政府的冷漠,这个对照还不够清楚吗?

可是,清场时他们不合比例的零星呼吁,被传媒绘成一群推撞分子。传媒在位者,你们的观察能力到哪里去了?政府在运用官僚制度合理化新填海工程的各个步骤时,你们在报道什么?回归十年烟花大爆炸?检定熊猫粪便看看哪一头更健康？那一代人到底在急什么？难道他们不知道，祖家对我城留了最坏印象，并非有异于"大部分人意愿"的小众声音，也非殖民时代具象征意义的建筑，而是彭定康时代违反中英联合声明的举动？传媒在位者亲吻政府的姿态，没理会民间自发的、自下而上的城市规划建议，暗里认同行政程序的完美流程，并将林郑出席论坛形容为"深入虎穴"（公共知识分子有多可怕？），重申拆卸皇后码头合乎大部分人的意愿，功德无量。在我辈眼中，亲政府的传媒所作所为，是反民智的同谋共犯。如果你也是传媒在位者，请别再用愚民和娱民手段来伤害有心人吧。

时代替身
的受难曲

1

八月，众报头条与专栏，再一次说明：世界并不属于年轻人的。那群垄断话语权的人把玩传媒机器，印刷占有平民生活空间（双臂一张）的报章，正式宣布：本土，并不属于掌握真相、有抱负、有理想、有工不打而去露宿皇后码头的新生代。

咨询期。十多年前，我辈还在念中学。新生代也想参与时，都迟了。他们既评说我辈"迟了"，也评说我辈"恋栈殖民主义"。几经改革的中学学制，有哪个部分仍渗入殖民主义？如果（我说如果）我辈的确有恋栈的话，是否因教育改革者未完善教育制度？教育改革者是哪一代人？哪一代人享尽殖民时代精英教育的盛宴？我辈既是迟出生，能恋栈的又有什么？谁还会给我辈"肥鸡餐"？我辈须在所谓自由经济下的竞争环境力争上游！我辈要靠我们的体力一分一毫挣回来供养父母！我辈要准时交税，交给一个掩住民间嘴巴以粉饰太平的小政府！

祖国送来两头熊猫时，有没有人仍记得，那安放于银行门外的两头狮子，曾经挨过日军子弹（弹痕犹在）的历史（新中国仍未成立）；而那些大小历史事件，却被哪一代人投影以"恋栈殖民"，运用传媒机器掩住我辈的嘴巴？

2

本土，属于一群平日谈吐端庄得体的偏见人士，抱存歧见，轻蔑真相。他们忽然像"玩命"电影那刀疤特技人，眼下是新的垮掉世代，在笔直的公路上停泊一辆象征饱历沧桑的改装车，于深夜关掉车前灯等待新生代迎头驶来，要他们车毁人亡，并将意外说成：命该如此。

我辈，是那群人的特技替身，在这场"意外"中注定是被牺牲、被抵制。发表言论者可是我辈模仿和学习的对象！当下他们正在做什么？为什么要发表那些于事无补的话？为什么他们未能处理我辈所示的本土议题？因既有利益者牢固的人际关系？因那代人显然易见的恋栈殖民？他们毫不嫌丑，将回归以来的不安感，统统投影于传媒机器，亲手塑造新暴民形象，要我辈代之受难。他们在回归前后犹豫过：离开？回来？香港真的不变？而"不变"所暗示的，正正是殖民政府带给他们的既有好处！请停止向我辈投影既往的不安感。

对于在公屋长大的我而言，无论任何状况，这是我的家。我没能力选择；对它的情感也毋庸选择。我辈要保护的，是公屋子女Bauhaus建筑风格下所萌生的"公共空间"概念，是我们成长中邻舍间常送暖递汤的人际经验。它需要一座又一座新旧建筑，向后人说明一个年代的结束和开端。如保护皇后者言：认知历史，要有知觉经验才更具体。

3

这个家，安稳与否，我也留守本土与同代人同建设共荣辱。我才是这个家的主人。我辈没能力亦没有需要决定拿哪个国家的护照，乘哪一班单程航线：回归前的恐惧与不安，并不属于我辈。切身感受回归焦虑的，不是我辈。热心人士保护的，恰是我辈公屋子女萌生的"公共"意识，恰是我们成长中邻舍间常送暖递汤的人际经验。这种经验，需要一座又一座新旧建筑，告诉游客、告诉下一代，谁有份建设这个家。这才是切合本土的公民教育。

今天，有人不惜践踏新精英以示爱港爱国的决心，并以为露宿多月的人为的是一周传媒焦点。我辈真心真意读本土史，爱家爱国，却惨被那群焦虑的人指骂。相对于小政府的强政励治，那群无冕而掌权的人心肠如何，我更关心。可幸的是，我已有能力握紧笔杆；历史，将由我们书写。我会告诉我的学生、我的子女，什么是公理和正义。

MV挑战站

今与昔

芬梨道上

艾柯（Umberto Eco）曾在一篇文章中提到，有个超级粉丝当真按他小说所描述的地方，查看书中情节到底真有其事，还是纯粹虚构。司徒老师提过宋话本、拟话本的"空间根据"能与宗教作某程度的呼应，大约就是空间对于作者期待读者，又或读者想象作者的一个实际根据了。林夕《芬梨道上》的空间根据和文本情节配合得出奇精致，追查歌词中的街道名，恰是山顶凌霄阁脚下的几条小路。"芬梨道上"乍看以为食"分离"二字；查看地图就发现芬梨道上，想象自己在路上的话，抬头一看，正是凌霄阁——一个拍拖必到胜地。点题点得这么不着痕迹？未算。

众所周知，山顶缆车乃1881年由亚历山大·芬梨·史密夫（Alexander Findlay Smith）建议兴建的，可见芬梨道的"空间根据"隐含殖民历史，如要再细读推敲，真可任人诠释。至于词作中的白加道（Barker Road）和施勋道（Severn Road），追加资料吗？意义不大。文意通顺，粤音（街道英文译名）合乐又自然流畅，除掉歌手咬字无端圆唇这缺陷，说是工整、贴切、准绳，一点也不过分。词作关心的竟有小区重建话题，恰在唱片推出时，山顶地王以天价成交，天星钟楼被拆，保护皇后码头行动开展，"为何夜色都因商厦变金装","顽石叫情侣乱刮名字与盛世比风光"就更见玩味处。

情歌一般都是代言体:一是男性矮化为烂泥或以之暗示高涨的护花意识(如陈奕迅《白玫瑰》),一是女性典型的自愿交托(《大傻》)、恋前恋后心理变化,或失恋后自勉到底(如《我的生存之道》)。《芬》亦不例外,但一个重临旧地的女子,能在观察黄叶飘落后而有所寄语(风吹树/树林唯有弃掉黄)、能体会恋情终不长久(这山顶如何矜贵/怎可停留一世/只得很少数伉俪/在这风景在线建筑关系)、能以典型文人消解愁思的态度登高临远(高高在上的声势/就算失恋也是壮丽/就似海景会凌驾一切),更因山顶景观因高楼的破坏,损毁了她所追忆的以往(回到现今湾仔竟无法俯瞰),郁积却又来得这么淡雅。

歌与艺

天国的微笑

MV牵强地铺出绝症男子与歌中女角的一段经历,这个置了游泳池的、充作装饰的旧车的家,是她幻想或曰回忆空间,人间天国。薛凯琪的大眼睛自周国贤出道MV《目黑》中乍现后,以金刚罩式隔绝绯闻及娱乐无聊信息发展出"不懂中文的国人唱中文歌"的奇路,进入娱乐圈初卖可爱,再练歌艺的怪力放任,令人微笑的倒不是无知可爱的姿态,而是专心唱歌的成果。

非刻意比较:Kay和Gem天才式驾临有亮度而不需期待,她们英文歌比中文歌唱得更好,回归华语世界,若非周博贤创作兼监督Kay,她一定没有今天的名气,而Gem"未成年"焦点亦未算绝对惊喜,倒是一个"三不"歌女——摆明不会唱歌、不会中文和不愁衣食的国际学校学生,先以美貌和无知成名,再在娱乐圈专心致志学习唱歌的路向,才令人刮目相看。这就是从无知到稍知的吸引力:贩卖进步空间,稳住既有粉丝,开拓耳朵市场。商业形象的成功莫过于此。

《天国的微笑》出自林若宁手笔,曲是方大同的,要填粤语自有难度。她却能填出这种水平——具诗意("车欢送了隧道")、善用粤音特色让歌手容易回气(一句"像遗下我 流浪到 某一个 岛",停顿处为舌根、舌尖、舌根、舌尖),有板有眼,不卖感动（"并不痛苦"），不搞《喜帖街》式的勉强扣题，则不得不让人佩服了。歌词写感官观察与空间想象，修辞通通用上，大可不必视为情歌，甚至可视之为新潮圣诗。当然，如是后者，粉丝和我都会抗议吧。

大近视——香港文化蒙太奇

马与术

如果你知我苦衷

新居附近有头福娃,置弥敦道与荔枝角道交界,让人想起周慧敏 MV。曲子是张国荣写的,林夕作词,MV 导演无名氏。适逢奥运马术在港举办,一片爱国爱港声此起彼落,他们看来早在 90 年代已预知今天有这玩意。

故事是这样的:偶然路过马房的女子,跟那半戴墨镜的男主角嫣然一笑。一见钟情总不用谈什么审美标准,男主角身份到底是马主还是马夫我们也不必深究,总之他们在 4 分 06 秒的 MV 里真的恋爱了。MV 没有苦衷,只有停不了的浪漫镜头;倘再留心周慧敏沦为背景歌音的歌词内容,不难发现她的唱腔明显与早期歌曲的区别。许是哥哥的力量使然,歌曲监制就算极力摆脱哥哥的唱法,也摆脱不了他那种唱法的核心——单字转音时的情感表达。结果,周慧敏唱出哥哥的灵魂。

MV 片段的天马当然不存在,它要说的是女主角的心情吧。不过,故事的苦衷到底来自哪?在马粪味浓的地方喝红酒?摄影师不得已的背光低抄镜头?女主角过于柔顺的发质?周慧敏倚栏歌唱,与男友谈情谈到骑飞马,毕竟是个无厘头 MV;2008 年被奥运马术淹了,包括我,也包括歌。

这就是生活

简单一句话,在不同地域和时代,有这么多看似容易理解、欲理解时才发现难以理解的多重意义。百样生活百样趣味,编辑向谁邀约、如何诠释主题……百样疑问。反正这杂志非如《良友》那时代一般需急于迎接华洋冲击并襄助青年女性如何在租界生活,杂志也不用在这各自修行的年代标示谁的生活才入时,只在恰当时代、趣味相近的人群中,呈现"文学共同体"(邓正健)的机动力,请容小编胡乱解说吧。就从我其中一位文学偶像——老舍的作品谈起。

《离婚》主角有一则甚有趣的生活观:"趣味"比"必要"更文明。主角的优越和博学让他更有条件追求生活:"这个小筛子(品位的天平)是天赐的珍宝。凡事经小筛子一筛,永不会走到极端上去;走极端是使生命失去平衡,而要平地摔跟头的。张大哥最不喜欢摔跟头。他的衣裳、帽子、手套、烟斗、手杖,全是摩登人用过半年多,而顽固老还要再思索三两个月才敢用的时候的样式与风格。就好比一座社会的骆驼桥,张大哥的服装打扮是叫车马行人一看便放慢些脚步,可又不是完全停住不走。"相信这也是今人对生活品位的追求吧。同文又有一句:"以天气说,还没有吃火锅的必要。但是迎时吃穿是生活的一种趣味。"关键词是"摩登人":接受与消费有关的新事物或概念的人,在同地同代中呈现与众不同的品位迷恋,突显个人在社会中的优越。作者在这小说中还有句深刻的话:"介绍婚姻是创造,消灭离婚是艺术批评。"(《离婚》

我们何尝不常作"艺术批评":认同贵乎节制、买有所用的生活建议,对以拥有何种消费品作阶层分野甚为反感。这么推说,介绍生活就是创造,消灭品位分野就是艺术批评?生活追不上潮流就是落伍?没有生活条件去优化生活就是没有品位?无疑,本期特集所编的文章,多少也具去除品位分野的潜台词,也就是另一种艺术批评了。

再读读萧红怎样写呼兰河城小胡同的"关门生活":"那些住在小街上的人家,一天到晚看不见多少闲散杂人。耳听的眼看的,都比较的少,所以整天寂寂寞寞的,关起门来在过着生活。破草房有上半间,买上二斗豆子,煮一点盐豆下饭吃,就是一年。"(《呼兰河传》)又如郁达夫写中国青年赴日留学、处身电车中听见上野钟响的一些体会:"他们的衣不暖食不饱的小孩子有什么罪恶,一生出地上,就不得不同他们的父母,受这世界上的折磨……渐渐长大了,成了一个工人,他们又不得不同他们的父祖曾祖一样,将自家的血液,去补充铁木的机械的不足去。吃尽了千辛万苦,从幼到长,从生到死,他们的生活没有半点变更。唉,这人生究竟有什么趣味,劳动者吓劳动者,你们何苦要生存在世上?这多是有权势的人的坏处,可恶的这有权势的人,可恶的这有权势的阶级,总要使他们斩草除根的消灭尽了才好。"(《南迁》)没条件追求生活的人,在作家笔下往往没有品位分野,有的只是闲居悠悠的静止之美,以及激起阶层思考的强烈自省。别人的生活,就是"时代"提供作家思考的工具。

沈从文《边城》常受评论者

指出同情"边城"人，这无疑是有关生活品位的思考错位。"她们（当地妓女）生活虽那么同一般社会疏远，但是眼泪与欢乐，在一种爱憎得失间，揉进了这些人生活里时，也便同另外一片土地另外一些年轻生命相似，全个身心为那点爱憎所浸透，见寒作热，忘了一切。若有多少不同处，不过是这些人更真切一点，也更近于胡涂一点罢了。"这叫理解、尊重他人生活，感受当地人的真切，而非同情。作家从"趣味"（发掘乡土的纯朴）到"必要"（呈显当地人文环境）实践于小说文本中，而非如诸位论者故弄玄虚、只管自我投射的心理投影。

不论何种人，在哪个地方过活，也有他们生活方式的选择；这当然也有因条件所限而被逼活着吧，但中国如沈从文一般的文人学者毕竟不算多，能欣赏他人在他乡的生活方式，正是"这就是生活"怨愤消减的原因。这等消减非但不属同情，而且是源于作家深明所谓民间疾苦的想象，其实已不再生效：愁衣食者只要一个面包，向他们递上一碗牛肉面是多余的。他们已有自己的生活方式，不容他人入侵。以经济扶贫，比起提供贫者自强方法来得更务实。哪管编辑之间有相异的编辑意见，只要保留文学供我们观照生活、思考阶层、尊重和包容不同的生活方式……只要在"文学共同体"内存有这种人文素质，杂志所"介绍"和"消灭"的，都会存有社会对它的素质确认，都会存有各界书写者（作家、传媒人、出版人、学生等）的共同载体，大家为生活检讨或预测的，数十年后或会成为文学爱好者追寻此时此地书写者的生活观照，引文再释。

"这就是生活"，不是生活表演或生活建议，而是书写者人文素质的观照。

睡不成器

文学史写文学家渴睡，多带贬义。论唐人杜牧有四字：嗜酒好睡（可别忘了下有"其癖已痼"）。这两个充满贬义特质的生活习惯加起来，谁再敢睡？让我们快速搜画，看看元代最为人熟悉的西湖喻体：病女——可喜煞睡足的西施。救命，被狠骂的是睡足的杜牧，被歌颂的却是睡足的西施；女子睡足是美，天下可怜是男子——睡足，是懒。

中国文学史往往暗示，文学家须牺牲健康而成就文学：失意、嗜酒，才写得出好作品，才称得上是作家，这等形象塑造害苦多少写作人。几年前，有个义工机构要我做审稿义工，安排了网上征文比赛，午夜12时截稿，翌晨6时公布评审结果。评审持续四周。对方在电话筒里冠之以"作家多是午夜才写作"的想象冠冕，我既为写作人，自问少睡多写，没有不接受的理由？后来，我暗自发了一场迟钝的脾气：12时了！我要睡！那时我始醒觉：睡，只属于公主。王子找不到公主，就是逾时，只能看到一个植物人，也得舟车劳顿，博取让女子苏醒的机会。稿，仍要审，时近四点。

我曾想过要当一位文学家。而立之年，才知自己的愚鲁和身体机能并无当文学家的素质。邀我审稿的义工机构发扬他们乐善好施的精神，把我这自以为是作家的庸才及时拯救。文学史已没我份儿,遑论当一个英雄。想想看:童话中的女子常躺着待救,以吻续命。男子也常引以为傲:"我今晚不睡,也要找到白雪公主!于是,英雄人物的事业与爱情,也系于身体条件——熬夜能力。某健康饮品广告,工作狂往往是男子,通宵工作后驱车接载女子,往公路狂奔,跑车的屁股不见了,就显灵似的冒出品牌名字,终止公路终端的情色幻想、童话略去的情节。高谭市的蝙蝠侠,日间是伪装的花花公子,晚上是牺牲爱情的黑夜英雄,结果也如文学家一样:失意、嗜酒兼失眠。英雄人物不休息,实在值得同情。

而传奇且成功的英雄与文学家,往往早睡——我指的是,早逝。作家午夜醉酒叫浪漫,看出幻影重重对影三人直飙思觉失调的边缘叫文学成就。不休息的作家酷形象,到底杀死了多少个健康身体,无可印证。当世女子依样睡足,哪管像不像西施,悦己者容。可怜仍是男子:想想看,婴孩午夜哭醒,你敢不先起床喂奶去?较积极乐观的说法是:爱情和文学,促使男子午夜仍维持殷勤态度。

买不成家

我常问自己：我与文学有何关系，为何要挟文学之名办事，尚写生活而生活偏无可写时怎么办？于是，我用打工得来的钱丰富生活，让它有可写的东西。由此，我有不少与写作无关的兴趣，文字常休假。一则休假记录如下：

有关未来世界的电影，常强调人类研发科技的成果：心灵感应马桶、三维视像电话、人体植入播音芯片（不用再挂耳机，音乐直达听觉）、轻便飞行机器；时空旅行、瞬间转移……大家深信儿时曾做过的梦，都将在自己死后数十年内实现。

它的不可触及，比我们读尤利西斯时的难以进入更吸引人：远离文本而靠近神秘的空想世界。科研者把导电物质不断挤压为厘米、毫米、微米空间，生产者把产品不断赋予消费者追求纤薄、细小、轻便的平面感渴望，用者讥笑年前笨重如牛的数十G容量硬盘，自恃今天已拥有轻若羽毛的数百G容量随身硬盘而自信起来。

我的电子化生活并不如上述的空想、偏执与腐朽。文明进化需要尤爱电子产品的男子去消费和实现，目的不在追新求异，而是在当下测知未来。我们可预测下一代如何生活，在孩子面前充预言家，靠着他们耳边不断创作即兴的未来故事。

一如艾柯宣称书之将亡,作家也不得不向电子世界屈服——免除耗费天然资源的印刷方式,通往作品免费共享的年代。善用未来世界的"预告",比预告本身是否准确,来得更重要。我应是较清醒的高科技产品消费者,并有信心能掌握和消化无时无刻不连接各种生活的高速与便利。例如,我掌心这部"零机价、月费500、签约两年"的iPhone,下载收费和免费程序,指尖在屏幕上游来游往,弹指间从游戏象棋、足球到阅读《三国演义》、《圣经》;从网上订票、电邮查阅、博客阅览到全港GPS地图与附电话号码(指尖只消指向号码实时接通)订座的饮食指南;从法语自学程序、日语自学字卡到欧美、印度等地的电台收听,毫不择食,视听与感知接通地球。

世界的另一端有人发明软件,供这一端的我消费与下载,每隔一周又有新程序接上:乐器、录音机;通书年历、易经卦象;宝丽莱、LOMO……取之不尽,用之不竭。有了世界地图及鸟瞰图,我的眼睛可随时跑到异国某个街道,把构思中的小说人物放进去,想象他们走在建筑物与树阴之间经历什么……这看来又回到文字世界了。我们无不站在过去与未来的间隔,只属于当下。我,只求用于生活的简便,不求示范未来世界的向度。为它而狂,也有算是美好的一面吧。

书书平等

瘦身成功的香港白雪公主郑欣宜出版减肥书一周内售出数万册；苏民峰运程著作出版才数月已印刷20次且月入数万。欣宜和苏民峰告诉我们工具书的必要，尤其在办公室养了一轮脂肪于腰间，又或常常自怨自艾今年怎么头头碰着黑的人。大众普及趣味造就本地出版者赚取一桶桶金，不爱阅读严肃文学说到底因为港人品位低落嘛这不过是陈腔滥调，热爱阅读严肃文学即代表脱离庸俗嘛也不过是装腔作势。

英国视觉艺术家约翰·伯格（John Berger）在《观看之道》*Ways of Seeing* 中引用 David Teniers（1582—1649）*The Art Collection* 作品，讨论文艺复兴期间意大利人如何看待油画：收藏者墙壁上悬挂的油画愈多，身份地位就愈高。这张许多人也讨论过的油画，最吸引人的是画中再现的每一张油画。它们没分艺术层次的高低，都按收藏者的喜好排列出来而已，尽管那只是敛财的商人。

今天，阅读以至于藏书，岂止象征身份地位，还说明了藏书者的生活态度和品位。阅读，就是按读者独特的审美观念，在书架上为书籍排列次序：书架上eyelevel的往往是最常读的；束之高阁，则是读者敬仰的大师。"油画把一切事物都纳入平等的地位"，书架面前，工具书和文学书也是平等的。

选你还是选美

1

用"你"这人称来写作,说得通俗的就是施咒、催眠;说得故弄玄虚的就是叙述干预、转移。Maurice 就有一段关于诗人言语的描述:"静悄悄,因为并无话语,词语完全不在场,纯粹的交流,即在其中无任何交流,在其中,除了交流的动作——什么也不是——之外无任何实在的东西。"那是来自语言于诗歌表意能力之匮乏,匮乏因为诗人用语言写出本无话语的景况。我们感应无话的静悄,是基于诗人话其无话。

"咀嚼不殆乃自少至老,诵之不辍"(清·贺贻孙)是适切运用语言的效果,也是"境界"。然而,小说不宜记诵,流传也多有讹误。先锁定写作对象:假设"你"是谁,然后判断"你"在小说里的参与层次,又算是什么呢?叙述层有多少个?在第二个小说里,我当如何调校得与第一集相若乃至于文本连贯互通?别以为这是结构问题,语言也一直静静地以诗人的姿态活在小说结构里。这是语言问题。

2

《卖火柴的小女孩》中的女孩擦了火柴,亮起一棒小火光,在故事里那飒飒寒风中,不到五秒便熄灭了。在富裕的城镇中卖火柴,顶多权充寒冬的应急者,替小女孩买的大概就只得有心人。最后,她在寒冬的角落独自擦火柴取暖,竟在刹那的光亮中看见逝者——祖母的幻影,并跟她说话。

翻一本十年前的小学课本,这版本说,可怜的小女孩为要留住火光中"从没有像现在这样美丽和高大"的祖母,擦光所有火柴,最后死在路边。贫穷女孩之死,是她烧光了自己赖以为生的火柴。为见祖母一面,连同自己的生命也耗尽烧光。一个无知善良的女孩,到了绝路仍惦记祖母固然彰显恪守孝道之可贵,也可视作濒死也欣赏天使形象的祖母。

恰如 Maurice 所言:"倘若死者无力在这些形象中(《巴多,托道尔》,西藏秘传之书,描写亡灵在生死界周游)自我认识,倘若他从中看不到他的受惊吓的、贪婪的和强暴的灵魂的投影,倘若他设法躲避它们,那么他就赋予这些形象以实在性和厚度,而他自身又落入生存的迷途中。"叙述者告诉我们祖母生前一定不比天使"美丽和高大",甚至可武断地猜测那老人形象是"丑陋和矮小"的。隐含一个关于"美丽"的价值,一种小女孩划光火柴的天真,就是现实中小女孩认定了的"美丽"。

不够天真美丽的小女孩,她们会不会找出自己的火柴——一个失效的取暖仪器,博得世人同情?划一根火柴所取的刹那暖意,叫青春。同情小女孩的刹那,就是暗中认同刹那美丽:对祖母天使形象那永恒美丽的期许。选美,就是"受惊吓的、贪婪的和强暴的灵魂的投影"。卖火柴的女孩为了什么死去?不是寒冬,也不是城市人的冷漠,而是为了美丽。

美丽,杀了人。

蓝宝石错误

出版社把童话翻译、简化并出版,最受益的莫过于崇敬寓言力量并深信"小故事、大道理"必可教化下一代的家长吧。在我曾经惶惑的童年里,曾因童话翻译版本有别,把那些"老作"翻译或过分简化的版本,多读一遍。最白痴的莫过于有人以为《三只小猪》和《三只小猪的故事》有别,把那已读过的童话再读一遍。我想,我的童年或也曾如此白痴过,把王尔德《快乐王子》和《蓝宝石王子》这么读过好几次。

暂不评论哪家出版社干过这种可恶行当,若有人把 The Happy Prince 译作《蓝宝石王子》,我们能就此理解为错译吗?我们知道蓝宝石象征"慈爱、忠诚和坚贞",译者把王子之眼拨到书名上,做法会比原名或更深刻?为什么作者用蓝宝石镶嵌为雕像的眼睛?为什么快乐王子生前不为善,死后被铸造成金雕像才有醒悟?为什么市长、议员和大学美术教授见他失了蓝宝石后,会有那些反应?

不管你怎么思索,这种僭越原名的译法,确实消除了"快乐"于王子"前世今生"的语带双关(拥有财富的快乐/帮助别人的快乐),配上蓝宝石后,把故事最光明的也抹去了,完整地镶嵌炫耀财富的阴沉。在王子生活的城里,大学美术系教授看见雕像身上没了珍贵饰物,透露此城艺术品该当美观与实用兼而有之。倘若有人认为总有西天或天堂在我们的生命尽头等待亡者光临,那么王子可算是求仁得仁:最后,上帝在城里"回收废物",自垃圾堆里寻回毁后犹存的雕像铅心与燕子尸体,带他们到天堂去。

现代版"快乐王子"《救人七命》(*Seven Pounds*)与王尔德的类同,到最后也捐出不同器官。王子其实与主角 Ben 相近,都有比别人优越的生活条件。王子生前挥霍无度,以为每天"开 P"就叫快乐;死后仍铺满财富,因坐落城中央而看尽人间悲剧方醒悟过来,要为人类做点事情,连眼睛也捐出来。小燕子,也让它为社会贫苦大众而死。Ben 则自理身后事,安排捐出双眼,让钢琴师重见光明。爱上 Ben 的、移植了心脏的女主角,按着胸口,就像拥有了 Ben,并寻找钢琴师,找回 Ben 的眼神。故事中的水母,也不自觉成

了"小燕子"。

有趣的是,片商在电影开幕前,放映一段语重深长的呼吁,大意是请大家珍惜生命,切勿模仿电影中人的自残行为之类。倘有人用身体协助别人减轻痛苦、不惜牺牲自我来成全贫苦大众这等行径,也得在观赏前呼吁观众切勿模仿,同有"捐赠器官"概念的 *The Happy Prince* 就不应再推而广之。此城此类关爱的"唇印"(呼吁与广播)已够多了,就像女子在王尔德坟前吻上刷不掉的唇印一样,行为看来漂亮,结果其实很糟。呼吁者若非希望大家千万保住自己的蓝宝石,就是不许世人上天堂了。

MV挑战站

日与夜

停电一日

周耀辉大约在十年前为谢霆锋写了一首歌。当年谢霆锋到北京灌录唱片，自拍一段天安门广场夜景：肃清，森严，像某夜。路灯映入车厢里，对照车内人的游客身份，那种茫然，美得教人不理解。

我们想象：街灯照耀后，本来的黑夜便成了白天，忽然全城停电的状况。这是场"灾难"。"收音机不断播歌／冷气在帮我抹汗／猜一猜猝然停电我／挂念边个"是个忽然黑夜的忽然想念。一念之间，我们接受不了本来的面目——黑夜本来是黑夜，它呈现真面目时，却因我们的多种习惯而引致隔阂："一开灯灯没有光／再去襟手机竟也没有光／谁宁静过"，我们在停电一刻，才发现"日光"的珍贵，它无处不在的轻巧方便，却没人发现黑夜本来的宁静。

周耀辉写这歌时八达通刚巧面世，即把它入词："一张卡达通八方"。ICQ当年仍流行，有"与你在ICQ里乱说谎"句等，怎不叫人拍案叫绝。而谢霆锋唱的"日"字随节奏分声母（j）和韵母（at）延长发音，歌中情节所述的停电"一日"因而特别漫长。语音与内容双关技巧的圆熟，由谢霆锋呼出的前卫口气，仍未见来者。

时与光

情感蒸发

梳士巴利道铁皮围板林立，走上临时铺设的石屎小桥经过收藏八大行星和一个太阳的太空馆，这里曾是尖沙咀火车站。人们指往海员俱乐部前、大包米下的车站。那边有一个新的，并说起东京地下商场平坦广阔，还提起曾在那里买满3000日元参加一次庆祝商场30周年的抽奖活动。

唱起林夕十多年前写过的一首歌："还记得／邮局与摆钟和码头／旗杆与火车和铁路／如今都已给推倒／回忆又随黑夜偷偷再次闪现／情感仍然／留于当天那地点……／为何会瞬间里就似蒸发／仍然认得清楚／为何未爱过一样／但回忆／偏偏这样多。"其实，红砖邮局还没被拆掉，旗杆没有被推倒，只是对岸码头钟楼被钩钳带走了。巴士总站曾有单轨铁路镶在路面，横跨过去，就是铁路前往九龙仓的货运路轨，现在人们都站在那里等待机动圣诞准时演奏，或者仰头看免费的收费电视新闻台。

1884年只剩下三棵老树、蓝顶信号塔和水警主楼浮在半空，工字铁一排一排层层叠起，看来铁比它们更沉重。一个用历史语言来建造的、老去的世界，"为何会瞬间里就似蒸发"。外来者总喜欢认识这地方的过去，与时有关，与光无关。

大近视——香港文化蒙太奇

私与书

富士山下

套个经济学似的语气：私有一个景点，是为欲望的最大化；转回我们寻常的语调，就是学习如何避免孤独。"谁都只得那双手"，以为拥抱便可拥有别人，原来在拥有之前得先学会接受，都说歌词在林夕笔下总有翻破爱经的意味，倒易联想"千山鸟飞绝"的孤独。

多少作家探问孤独的意义，词有"谁能凭爱意要富士山私有"，一座睡火山，里面的是熔岩还是灰烬，都凭眼睛去看那冬天才积雪的富士山，想象里面的状况，又怎不联想到"独钓寒江雪"的孤独。

倒不必问下去，到底词中人在雪中垂钓，还是垂钓地上雪。靠近生活的联想：像一个忘了带锁匙的人被察看着，四处明明有人在，却只有自己，独对熟悉而又打不开的大门。这也许就是歌词的"佛经"：《枕中记》的欲望地图，确实很明白；枕中归枕中，我们仍在现实。在现实中有所求、有所得、有所顾、有所虑。这是过活。

孤独的最大化，就是在门外等。已占有一所房子，比私有一个景点的欲望小吗？我们期待门里有人应门，可是孤独的自己还在枕中，"磨到有襟花"的漂亮比喻，在说珍视定情礼物必然产生的毛球。

情人无尽的默许

大近视——香港文化蒙太奇

《魔法奇缘》无疑是迪斯尼史无前例的、最大胆、最不低俗的童话新绎,以喷火龙(继母化身)挪用 king kong 攀塔情节反抓陷落情网的知识分子到大厦塔尖,结果由花栗鼠蚊型重量轻易打败继母,善恶、轻重、机灵,在新童话尾声大玩卡通伦理:丑恶继母不是被抛往半空,然后跌入深谷伤残终老,而是跌进穿越现实与卡通之间的那个"宇宙";准公主带剑攀登塔尖(城市权力核心,炫耀财富的象征物)向继母讨回真爱,成功拯救律师,并坐在塔顶欣赏城市夜色:女子可凭童话力量获得真爱、金钱与身份,成为新一代公主。

准公主出嫁前"受害",到了现实世界寻找不存在的理想之家(堡垒:王子的国家),跑上路边广告板的堡垒画像叩门,由律师的六岁女儿发现这个可怜傻瓜,于是狼狈地"英雄"救美。起初,律师以为这个满口公主王子的女子发神经(看,这电影在讥笑谁呢),由她在这房间过夜后,翌晨准公主无意为之的、恰如理想妻子的良好表现,对应律师无暇收拾房间、凑女返学的生活需求。

暂且忘掉她歌声能邀动物界协力做家务、做衣裳的滑稽,让身为观众的我们也投入卡通与现实的跨界新伦理:卡通准公主和律师也有这等渴望的。准公主在律师身上理解什么是"愤怒"、它带来的快感。因爱而愤怒,并且衍生肉体上的欲求,准公主渐渐被同化,"新知识"让她更理解产生爱情后有别于童话的生活趣味。从启蒙到救赎,电影竟安排由六岁女儿主动牵引,即暗示:选择继母,并非律师一人的权利。因此,才会认同它的史无前例:教育成长于破碎家庭的一代人,如何为自己新家庭的幸福谋划撮合,也说明只有儿童才是做媒的最合宜人选。

《白雪公主》毒苹果则被改为遗忘爱情创伤的苦口良药?众主角幻作真身后,原始(唱山歌)的率真求偶者抵不过巧合的先机者:律师(现实世界男主角,准公主的真爱)让她明白:男子思迁其中一个原因,是她罕见的纯真打开了现实各种须计算精准的、附设密码锁的牢室。律师拒绝相信童话,身份也正要鼓励(刚巧他正处理客户一宗离婚案件)争吵者离开对方,职业上须成全"童话不存在"的现实——婚姻即牢房。毒苹果却竟成为非童话的世界钥匙:真爱之吻,救了远道而来、寻找公主的天真王子,救了继续作恶的继母(好让她早日归天安息),救了以肉身去体现纽约的准公主/准继母,也救了纽约——哪知火龙的火会喷到哪里。

身为律师情人(律师的未婚妻正准备翌晨帮忙凑女,结果撞破糊涂"奸情")的准公主/准继母,眼见律师与未婚妻在以"国王与王后"为主题的舞会中翩翩起舞,本想放弃,竟有毒苹果制造者以恶促成真爱之吻及时出现,以继母的旧恶毒换来候任继母的新生活。在这个集合农历新年、人日、情人节于一身的二月,有机会看这出警世电影,怎不大快人心。当然,最后,最大的反高潮竟是购票前售票员的小声明:由于片主的关系,本院所有优惠一律暂停。咁好睇,抵佢赚大钱。

大近视——香港文化蒙太奇

MK错觉

——《旺角黑夜》的影子延伸：《新宿事件》

容我们想象：把《新宿事件》（以下称《新》）"道歉！道歉！"封面剧照撕去成龙朝2点方向握拳的肖像，换上方中信举起手枪与众对峙的背影，大约就是《旺角黑夜》（以下称《旺》）剧照的另一版本了。《新》黑帮班底脱自《旺》，那种MK气息有点考验观众——镜头若不往上晃动半分，大家根本分不清背景是日本还是中国香港，是新宿还是旺角。大家对《新》的急促节奏大惑不解，香港仔之死更沦为运动话题（怎会这么巧合的准确？），甚或因何导演狠心剪去阿杰（吴彦祖）在预告片中"东京这个地方啊"的异乡美言、铁头（成龙）因何没使出本事，打个落花流水……诸如此类。我们不得不怀疑，《新》是《旺》于"异乡"（来福和铁头）这主题的第二部曲。

《旺》最沉闷的部分，就在来福（吴彦祖）与丹丹（张柏芝）甜蜜的时候吧。来福和铁头邂逅新欢或重遇旧爱的方式，明显有更成熟的编排：《旺》那些乍看可充做让观众看得轻松的呼吸位，在《新》中几近零，观众以为最轻松的（晴天岸边的约会）竟演成铁头"要兄弟还是要丽丽（范冰冰）"的人生两难抉择，要不就成了日语翻译机器，在大杂院与北野（竹中直人）讨价还价。最令女性观众扫兴的，相信是铁头婉拒丽丽继续翻译的无礼了。那么，我们当然怀念来福的眼神和柔情了。

导演在《新》中废掉旧角影子的决心这么大！要女性偶像吴彦祖开场就失掉手掌、末节沦落为助人自助的吸毒拆家，这种情节安排只为丰富铁头走上末路的主因而已，可怜阿杰仅是成全铁头形象（情义兼重）的大配角，相信没有女生因此不讨厌铁头的。黑帮世界难以成全爱情。别怨幸福被人残忍地定义为生存得安好，铁头虽有"勾二嫂"之嫌——当然，二嫂本来是他的爱人，但也见秀秀（徐静蕾）不再是秀秀，还改唤结子与江口（加藤雅也）生了女儿，有什么话好说。忘不了"二嫂"，只是阴差阳错的结果，情有可原，电影没有为此大发议论，铁头却不见得因此善待丽丽。《旺》的丹丹和《新》的丽丽同是/曾是妓女、异乡情人，角色名字连韵母也一致，命运却迥然不同：前者因爱人被杀而回乡去也，后者则被铁头抛弃而没被卷进黑帮的循环仇杀，继续

当酒吧老板娘。

《新》本地警与异乡匪的患难之交，异乡匪谋生方式还是与《旺》一般，欲暗杀黑道要人。《新》中铁头暴力清场节奏一闪即过，第一场里应外合，第二场街头问候，比《旺》的来福不断逃避警方成功得多。令人过目不忘的是，北野几度放过铁头，二人互相利用的惺惺相惜，比起《旺》非黑即白式的警匪卧底主从关系更奇妙。在此，不得不提林雪。还记得陈木胜《三岔口》中只出场三幕的牟伟彬（林雪）吧。第一场他答应孙兆仁（郭富城）搜集情报时，镜头 Close up 他咬蛋挞、喝奶茶、胡子随嚼左摇右摆的典型 MK 中年汉形象，第二场他在法院门外把一叠照片交给孙，第三场他伏尸码头旁靠近的石屎楼梯。他的死亡在《三岔口》镜头下是柔和得令人吃惊的。从杜琪峰的提拔，到陈木胜、尔冬升的起用，林雪成了警匪电影约定俗成式的黑白演员这废话当然不用再

说了。老六在《旺》中穿那种在花园街可随手购得的花恤衫数钱、纯粹敛财的形象,到了又是老字行头的老鬼在《新》大杂院中发挥于香港观众陌生而新鲜的天津腔,从出现到消失的悄然衬托,突如其来冷不防香港仔(钱嘉乐)一刀割喉,成了全场最可怖、最值得同情的死状。香港仔在株式会社楼上出其不意杀了老鬼,楼下围堵者恰巧准备宣战,抛个石头进去,掷中了正向"铁头"成龙警告"阻我发达?"的香港仔前额,应声倒地;石头纷纷涌至,铁头一扑倒地,一跌一碰的往老鬼、香港仔处爬,回魂乏术。从老六到老鬼,同是黑帮核心区域混饭吃的角色,《新》明显要与《旺》有所区隔。说到底,尔冬升还是同情于都市不得不落草为寇的异乡人。

再看本土人所创作的《新宿事件》:《城市猎人》孟波在"美女新闻报道员"系列揭发新宿黑道与政要合谋的形象、《20世纪少年》少女迦南在新宿一家中国餐馆兼职期间巧遇中国和泰国江湖纷争并成功制止的新英雄形象,尔冬升明显据旺角经验拍摄新宿,就算只属个人影子的延伸,同代许多创作人还是只有望尘的份儿。毕竟,异乡这主题,当该由编剧出身的异乡人演绎。

以苍凉的幽默与人生的反讽堆叠起来的积木

——《废柴同盟》的丑陋和笑容,兼论其读者反应

"人生是充满痛苦的,现在只是悠长历史中的一瞬间而已。所以一切都是由一瞬间积聚起来的。"——《GO!GO!茂利飞车党1》

古谷实

许多读者都这样认为:"低级趣味"与古谷实这个名字是分不开的。而读者愿意接受其内容的原因,大概是因为只当做娱乐或者享受当中隐约渗出的色情成分,看了笑了就算了,不假思索。不过,当我翻阅《废柴同盟》的第一章,读到其中一个角色郁夫的一段独白"今天,我们迈向东京,踏上不归路"时我就想:他真的只想我们笑了就算吗?因此,在评论此书之前,我必须作一个假设:古谷实是想说些漫画情节以外的话题,而且,这些话题的重量,可能比任何表达人生哲理的漫画的重量更重。

丑化人脸

古谷实漫画以夸张见称,角色的脸孔往往都以特写的形式出现,占用的页面空间大,以密集线条画成紧张的面部肌肉,五官的排泄物不断泛滥,无所不用其极,令人怀疑人脸是否真的可以这么丑陋。

这些给彻底丑化的人脸,令读者抱着忍受和怀疑的态度去

阅读。不过,每当绘画美女和裸体的时候,却出奇得工整。可知他并非没有能力去画美丽的脸,只是不为而非不能。那么,他为什么采用这样的画法?

这一种只会令人不安和恶心的画法,相信绝不讨好(除非读者也好此道);能够忍受至读毕的读者,耐力和勇气也实在有异于常人。那么,古谷实在绘画时并不是无中生有的,在背后应该有个想法去支持他这样做。正如他取材的方向:他选择一对来自破碎家庭的兄弟(先板直夫和郁夫)、一个吸天拿水度日的孤儿(伊藤茂)和一个离家出走的少年(进藤知良),以这四个前路茫茫的少年作开动故事的引擎,是有意图的。

他的想法

直夫和郁夫的母亲死后,他们的继父抛弃这二兄弟。他们离开家乡,决定到东京碰运气,结果认识了头顶上长有一束长发的伊藤和离家出走的知良。他们四人到处流浪,在一处河边的天桥下栖身。有一晚,他们的财产(包括身上的衣服)给露宿者抢走了,幸好,有一个正在思考"人生是什么"的女生阿彩,刚巧在上学途中看见他们,以为这几个在河边蹦蹦跳跳的人能够解答她的问题,便主动认识他们,并且收留他们。

发生于这四人身上的故事,独立来看,绝对是悲剧,结果他们都坚强地活了下来。单看这一点,故事本身就不简单。我们可以笑了算了不理会画家想说什么,但是,一旦想及,无可避免地给之前出于自己嘴巴的笑声所讽刺,因为,最悲剧的悲剧是给人当做喜剧的悲剧。

谁在笑谁

古谷实为自己的漫画制作一套必然发生的"讽刺系统"。对于读者来说,这回可是劫数难逃。系统一旦确立了,他所制造出来的那些恶心的人脸,自然成为启动系统的机械组件,然后在读者阅读的时候运作;即是说,读者必然会笑那堆人脸的丑陋,笑那班人对人生的追问,笑他们的倒霉遭遇,笑他们的人生态度。古谷实将本来可以一本正经地说出来的道理,以充满悲剧成分的喜剧来完成。采用这种做法,牵涉比起漫画创作技法更高的层次。

笑的重量

在《废柴同盟》里,"笑"与"丑陋"是分不开的,尤其是当"丑陋"予"笑"重量时,漫画层次就自然地提升了。(正如井上雄彦改编自吉川英治《宫本武藏》的《浪客行》,它之所以不同于别的武侠漫画,是因为它以花茎的切口和无刀的哲理来说出剑道境界,超越了"谁胜了"等于"谁是最强"的对立思维,使剑道本身有了质量。)

我们会笑丑陋的东西,情况就如在街上遇见一个样子丑陋的人,在他背后指指点点、掩嘴窃笑一般。单单因为美感并不是表面存在,恰恰最丑陋的又彻底暴露,所以我们的第一个反应就是笑;这种笑,出于一个普遍的审美观念,只要金玉其外,在最短时间内来评价美与丑,不理会其中是否败絮。

不过,丑陋,真的值得读者一笑置之吗?他们可以笑直夫和郁夫的继父的一副怪模样,但是,当他对这两兄弟说出"我很讨厌你们。你们早死早着!"这句话时,读者又因何而笑?又或者,伊藤在街上遇见童年时的玩伴，看见他们的笑容因为成就和幸福而充满自信。回到家里，直夫要伊藤笑给他看："你的笑容是怎么样的？"结果，伊藤的笑容充满痛苦和自卑感，是个丑陋得可怜的笑容。读者会为这一副丑陋的脸孔而笑吗？

这段人生并不是他自己安排的，他的笑包含被父母遗弃的遭遇。伊藤的笑容，就是一个沉重的笑容，亦是一个不幸的总结。当他们演出一出悲剧时，读者以为这是喜剧，那么，谁是真正丑陋的人？他们有资格取笑伊藤的丑陋吗？丑陋的是读者，他们肤浅得可以。

古谷实突出许多丑陋的表情（包括痛苦的笑容），除了用来讽刺捧腹大笑的读者，还有叫人反省的作用。看来，以为《废柴同盟》只是纯粹引人发笑的漫画这个想法，看来是时候更正一下了。

何谓人生

除了以丑陋和笑容的重量作为提升漫画层次的元素外，如何阐述人生同样是《废柴同盟》的话题。第一册的结尾，古谷实以阿彩对人生的思考发出一条问题："其实……人生是什么？"如果单靠从一个角色的口中说出这条问题的答案，漫画内容就会变得十分单薄。《废柴同盟》的第一册，就为这个答案写上楔子。直夫和郁夫有家归不得，伊藤没有家，他们能够过活也只是因为在人生中仅有的一次幸运的巧合——认识阿彩。阿彩思考人生，并不是出于偶然的。

阿彩

阿彩的母亲在"去年"过世了，"那时开始，我一直在想，我自己一个人是不会明白的,还打算问朋友,但总是说不出口。想到会被耻笑,便害怕起来"。试想,从母亲的去世到人生的意义,可见阿彩的思考包含了丧母的哀伤给她的启发。但,她的悲哀,比起伊藤的无父无母、直夫两兄弟被抛弃简直是微不足道。因为她还有一个开理发店的爸爸,还有一个家。

伊藤

伊藤吸天拿水过日子,让他活在幻觉里,这个世界跟他的唯一联系,就只有满足身体需要的吃和喝。他曾经这样说:"我希望在正常的家庭长大,早上有早餐吃,晚上有晚餐吃……早晨——我回来了——午安——我就是想生于这种正常的家庭。"而天拿水给他一个守护灵,作为孤独无依的唯一寄托。家,是多么奢侈。

直夫

尽管在整个故事叙述中,"何谓人生"这条问题的表面答案总是以哈哈大笑收场,没有一次正面解答,结果亦往往离题万丈。不过,在没有谈论人生的单元,古谷实却在不知不觉间回答了。在两个关于直夫的单元,同样出现了不明飞行物体,指着自己身体上其中一个按钮,对他说:"这是改变人生的按钮,要按吗?"直夫看见它,好像早就知道了它的出现。要按吗?直夫会按吗?人生于直夫而言,要改变时真的可以这么容易吗?他的理想是当一个职业棒球手,结果只是成为一个无家可归的少年——连一个家也没有,凭什么来谈理想?

值得注意的是,到第四册结尾部分,直夫和伊滕看到阿彩一家经济陷于困局,再这样寄人篱下便会成为别人的负累,所以,直夫决定带郁夫回老家,伊藤也跟上去。直夫的继父一点也不客气,把这三个少年打得遍体鳞伤,还责骂他们:"像你们这种社会人渣,早就该去死了。"最后,这三个一直没有因为自己的身世而哭泣的少年,终于哭了。被迫离家,被迫回家,又被迫离家,他们的人生不断重复着不幸。

积木重量

古谷实在《废柴同盟》中的丑陋和笑,都为人生这个话题开拓新的可能;内里的幽默,在他笔下是如此苍凉,如此讽刺;这些苍凉和讽刺,都包含没有单位的重量,就像堆起来的积木一般,我们不能计算它在玩者心目中的重量,只能由玩者本身所感受。曾经捧腹大笑的读者,注定是置身这座积木最高层的一块——令这个严肃的话题摇摇欲坠、最终整座积木彻彻底底地倒塌下来的一块。因此,我希望可以拾起这一块早已掉下来的积木,重新审视这个积木游戏的真义和可能的答案。结果,又会有多少人能够感受得到这内容的重量呢?相信不至于荡然无存吧。

> 写于2001年,不加修正,原文照录。
>
> 感谢唐睿(footnotes作者)向我推介古谷实,以及邓小桦一篇文学评论题目中"积木"二字的启发。

《虫师》的三重门

漆原友纪出道无异于一般文艺青年:投稿、参赛、作品结集出版……《虫师》初稿一共58页,在一本有350页的漫画期刊《GO》上顺利刊登。知音不嫌多,其后她笔下独眼主角的前传《眼睑之光》获得"第30回讲谈社漫画赏"首名。

本地家长辈一般都认为:漫画比文字书次一等。又有谁猜出,这家举办漫画奖的出版社,是靠发售现代文学起家的呢(鹫尾贤也《编辑力》)?战后日本,房子和书都毁了,出版社编辑想出一个与民方便的方案:辑印60册文学名家小书,以低廉定价,应付当时渴求知识的平民;预售阶段,已收到数十万张订单。

当地文化产业就这样继承下来:《虫师》灵感源于家族祖父母所说的故事,叙述风格近手冢治虫,并看出漫画家甚爱文学。讲谈社把它辑录成书,在我眼中有三重意义:鼓励新人、增加收入、彰显世代文化产业的硕果。世代故事口耳相传,需要文学的力量。

百藏森罗跟虫师银子说:"我画出来的东西,都拥有生命,就算那不是现存的生物……"说者是日本版"神笔马良",只要手执毛笔,凭想象绘出一个东西,那东西就有了生命。启首几页,他在写一封信;写到"鸟"字,它便从纸上飞出来了,还写了"日"和"木":"这些叫做象形文字的字,原本就是'画'

出来的。"漆原友纪决定放弃漫画,毅然求职;面试前一天,却收到获奖消息。她惊叹:"现实真像个大冒险啊!"

如此一个年轻女生,2000年开始运用她的神笔,五年售出超过二百万部《虫师》。《眼睑的光》,讲述虫师银子为救一个不相识的小女孩,牺牲了自己的一只眼睛。"大概是以锁国时代的日本,以及江户与明治之间的另一个时代来作印象。"她在后记中如是说。六年后,这书才在香港出版,至今却无人认真讨论过。这么好的一个女生和故事,让我们再次理解"落伍"的词义。

一月·新年

唱片已死
书业犹生

叶辉《书到用时》（以下称《书》）在2008年4月出版，趁"世界阅读日"办发布会，作者众友与书迷拥到书店，自当天照片看来，暖意洋溢，哪知店外"浣熊"（风名）携着八号风球与暴雨探首叩问，八小时内暴雨信号亮如交通灯：自黄到红，再转为黑（雨势最烈）。汤祯兆《全身文化人》（以下称《全》）在2008年5月出版，就在发布会举行前一周，四川发生八级大地震。

出版者多不从"天"，只相信书才是改变世界的、最稳当可靠的工具。巧遇两个由"天"安排的气象，安慰者曰"贵人招风雨"，电视广告曰"打波先嚟落雨"，也不重要；读者意见，才是出版者关心的。台湾读者网志写《书》薄且贵，叶辉忠实读者觉得《书》尺寸太小，定价78港币未算合理。促改善有，善意叮嘱检讨也有；到《全》出版后，大家对价格再无异议，只因它看来厚近一半。得此反应，不禁教人莞尔：难道书的价值与厚度相关？十数万字的作者心血，遍布文章所提的学者外貌的编辑心思，速写学者形貌的画家工笔，真抵不上高档餐厅一顿饭的价钱？请先别误会出版者在怨天尤人。在油价上扬、纸价高昂的年代搞出版仍发什么怨气；要搞就不怨，这算是初踏足出版界的人的气度测试成功例子。

"天"在哪里，该往哪里"问"？叶辉曾引述本地传媒人名言一则以劝勉：Market is God, don't argue with the mighty money. 出版者觉得，"市场"就算不是"天"，斗气的也不是"大钱"，"市场"也应是出版者最好的朋友，提示我们供所求应所需；读者需求飘忽时，"市场"才是出版者的敌人。古人写作多在得功名以后：得意时写诗勉人，失意时写文娱己。就算有人懂得将自己放在"市场"，也未必抄得快、印得准。读者会问：那么"洛阳纸贵"又是怎么一回事？晋书所载的左思《三都赋》得皇甫谧序、张载与刘逵注才扬名一时，作品却由大量知音所抄。许多人以为他书好销，实际上只有纸贩受惠；贵是动词，纸张供不应求，价格上涨。体会 Market is God 或因此信"天"的不是左思，而是纸贩。

当今左右"天意"的也是纸贩。成本高低全凭他们有否囤积居奇。容我们从出版角度回顾出版者的理想世界——屈原死后约一世纪的汉代，主角乃史书自有记录以来首位《楚辞》注者：王逸。汉安帝时，他任校书郎，为政府典校藏书，找出《天问》共170多道问题，然而他发现"文义不次"，错简处处，不知上手哪人经手复修书简，弄得屈原似问非答，面目模糊；厘好之后，他才开工加注解题："天"字解作人所共尊的天，"问"字⋯⋯还需解么？后有清人王夫之以为"是为天问，而非问天"就是人在做天在看式的"天理之昭著"，与"天尊不可问，故曰天问"（王逸）没两样。戴震以为"问，难也。天地之大，有非恒情所可测者，设难疑之"，无疑贯彻屈原的牢骚问难精神，却稍嫌解释过度。就是今人相隔二十个世纪，物质文明先进丰裕，顶多也只能借古"天"之解，说"天问"其实指"关于客观世界的问难"，仍为书而注，简直捉襟见肘。虽是如此,这许多训诂校注的工夫,也出于热爱屈原作品的读者最纯朴的心态,一股追寻文学根源、想象作家所想的文人素质。这个"市场"不涉金钱(他们都受朝廷俸禄),只在抄写、推敲。任谁也猜不到,清人当年的工夫,时至今日,竟成了"市场"的一部分,供那群渐渐意识端午不只吃粽子、诗人不只爱国的醒觉青年所买所读。虽然清人超卓成就只在考据、整理典籍,而非解"天"和"问"之意,但他们提醒我们:出版(抄写、复印)是后人得以求索、作品得以流传的重要仪式,是影响千年的文化事业。

今天,要为出版这仪式作准备,是出版者的重要工作。他们再无政府"资助"。以知识水平计,今天要大众理解屈原作品,仍未能及(众所周知,有人竟怀疑屈原的性倾向);大可推想,当年能读屈原者,数目应不多。书简至清代才厘好,注者既繁且乱,就算在民间印行,也一诗万卷,意义不大。最棘手的是,中国人对出版事业往往有"九死一生"式的看法,以为作品也该由作者或读者站在街上,等待知音来翻。我不敢说这是《二十年目睹之怪现状》为民众树立的观念(此小说当年盛得一时,有传梁启超先生事后称后悔替作者在《新小说》上连载作品),却可供读者想想:知音难以求得,既然作品遇上知音,要他或她付款就是不好意思。容出版者抛开旧观念,迎接新世界:台湾音乐、语言天才黄舒骏前年应网络公司邀请,在诚品书店开办一场有关短信创作比赛的赛前讲座。为什么李白当年没SMS也可传阅作品?我们难以想象这位盛传为中俄混血儿的伟大诗人李白若非出版书籍,哪有别的方法发表作品?为什么孙中山没有手机也可搞革命?他发的消息如何通达?黄的意思大约是,作品有趋近永恒的质量与信念,本身就是最佳的宣扬工具。他又指唱片业已由百万销量减至千计、百计,连他自己也转营为手机公司创作音乐铃声,"市场"没有为音乐人行神迹,也没有派遣"他"的独生子,按例"十问九唔应",只为传统行当说明现实:唱片已死。

书的形式,就是出版者的最佳宣扬工具。今天的产品诞生日子过短,就算是法国一啤酒品牌以1664作产品名字,也难以说服消费者,那个印在簇新的铝罐上的公司成立年份,就是优良质量的必然保证。眼下产品信息过量,需要有人筛选疏理,务求把最准确、最有价值的信息,传递到消费者手上。当今出版者再没尴尬余地。既置身"市场"——人类欲念被数据化、行为被洞悉与归纳,生产者以价廉与时机取悦渴望付出少、收获多的社群,在这么现实而残忍的文化场域中,出版者既要符合普遍价值,又要寻找趋近永恒的独有品质,用优等纸张,以书的形式保存下来,好让它可以实体流传下去。

大近视——香港文化蒙太奇

二月·悼青文

独步的
书魔术师

2000年一个夏夜，有个身材魁梧、青铜肤色、看来是个苦力的男子推门进三楼书店，我来不及点头招呼，他便晃晃手臂，把书箱子甩了手，轰的一声，放在柜台前。我依例准备盖章跟他交收文件，他则自言自语："怎么要攀这么高！"唐三楼的确是"高人一等"。当年我仍是个中学生，在东岸书店当兼职店员。读者常买青文书屋出版的书，作家店长便教我"补书"：预测哪本书快卖光，及时补订数册，让读者不觉书架缺书，感到书店仍充实。叶辉、也斯、陈冠中、汤祯兆、王良和、洛枫……数之不尽的作者。青文"文化视野丛书"大受欢迎，补书次数频密，跟那人见面自然多了，谈上两句，才知青文书屋的发行部、编辑部、制作部、市场部和门市主管，同是罗先生一人。魄力惊人。

他以一人力量背起赖以糊口的小书店。第一次光顾青文书屋，见他独自在书海中弄着 MacBook，书店像家，他像宅男。青文书屋是本地最不冷清的文艺书店，却也非时刻满人。那刻店里只有我在寻书：汤祯兆《变色》。找到了，递到他眼前。他一看便瞪了眼："哦，你要这本。"即知道我是哪种读者了，趁机宣传翌日两位作家的新书发布会消息，还说刚到的一批文学杂志："今期不知怎的，又迟了。不过还是要读。"

他推荐其中一本，我善意说声"买了"，他这才说出该书折扣和价格。市场部主管的推广手法，值得效法。

我常想象，他弄的书箱子也有法力。有次读者找不到书，他便到身后挤满箱子的位置搬摆一下，竟找到读者感到合意的，像会变魔术。我想：他真记得哪些书放在哪个箱子？他还藏起了什么书？这是书赐给他的记忆力吗？数年后，我到台北诚品敦南店逛逛，发现架上盛满青文书。这也是书箱子的法力：罗先生只消把书箱子往店外一甩，它便飘到台北去。发行部主管能安排书到台湾，果真厉害。

上周末探访诗人饮江，重遇东岸店主。我们在船上温故知新，记忆中的旺角与湾仔经历重临，唐楼书店阶梯洒过夏雨后的气味，我记得，青文店主提醒小心地滑的话音，我循声回首，大门却已渐渐关上，书屋室光自阔到窄，直到大门关起，像合上一本书。它挤走了一些图像，挤走了一些生命；唐楼的黯淡暗自安排一场失效的魔术表演，要我们记住难以置信的意外：在一方小仓库里，命运教书箱子跟魔术师开一场关乎生命的玩笑，要他舍去壮健的肉体，用壮健的灵魂，要更多读者寻找各自曾失去的青春与激烈。这还不算是个结束。

大近视——香港文化蒙太奇

一年后话青文

一家书店、一批由那家书店出版的书、一个坐在柜台前默不作声的店员,与读者保持距离,容大家想象的空间广阔无边:这店员姓甚名谁、书店为什么专出文化怪侠的书、谁决定这书店置在湾仔老街、书定价为什么这样高……读者和书店的距离,愈远愈好。

让我们想象:青文书店所有书都由那个默不作声的男店员排版的。没错,自这位店员离开后,作家、读者也开始建起一个糅渗回忆与想象的世界,这世界关涉的生与死,与人世无关,只与书店和读者有关。我们在店员所建设的、经他苦心(或曰糊涂)经营的文化场景,想象一所只属于自己的、虚拟的青文书屋。本地从没这么一个文化空间,容许读者把少年狂与中年回望,统统都寄托于已改为按摩小屋的书店里,从没这么一个文化空间,容许曾与店员为伍的文化人,把自己的经历诚实确切地分享,有欢有喜,有怨有恨。他尚算建筑了这么一个牢固的盒子让我们适时打开:如果要办些像他办过的事业,如果要出版些像他策划过的计划,如果要找些像他出版过的书,我们该如何办?

由此,我们才真切明白罗志华的苦衷,或者糊涂。书屋里有书有人,书屋外有电车有加油站,无数个鲜为人知的书屋小节与传言,一本《活在书堆下》是不足以记载的。希望读过此书的读者,每人也想象一所属于自己的青文书屋。

四月·世界阅读日

在一个被吃掉的日子谈读书

日本漫画 Monster 主角凶手彼得因童话而杀人。他在19世纪德军特设的孤儿院"受训",幕僚要这群孤儿阅读有关他人死亡的童话:《没有名字的怪物》。漫画有18期单行本,交代彼得身世时,便在某几期加插童话,解释彼得为什么杀人:从前有一头怪物,它没有名字。有一天,它在村庄每遇一人便问:"你叫什么名字?"待那人回答后,怪物便把他吃掉,占用其名字。过了好些日子,怪物忘了那已占用的名字,便又去吃人……港人常据译名字面望文生义,拆字生吞活剥,书本屡被错译、错用,甚而忘记它本来的名字,遑论它原意是什么。

"世界阅读日"是其中一个被怪物吃掉的牺牲者。它本称 World Book and Copyright Day,我们大可忘记它被联合国教科文组织在哪年命定,也可忘记有人藉该日发起全年阅读活动(至翌年4月23日止),更该忘记两位本该每年重提一次的16世纪作家塞万提斯与莎士比亚——他们的纪念日(圣乔治日)风俗是这样的:4月23日到书店买书,便获赠玫瑰一朵,读者可带到作家墓前悼念、致意,让读者读得更有 mood。反观被怪物吃掉的"世界阅读日",却成了一个"阖世界一齐阅读吧"、忽然爱书的日子,广告灯箱有名人带笑捧着心仪读物,这是某年教育部门有份参与的"世界阅读日"推广活动之一。

"世界阅读日"是世界各地读者追忆作家的仪式，读者以阅读回应节日，向作家致敬；而叶辉的《书到用时》可说是"世界阅读日"的迷你版——用知识报以读者玫瑰一样的响应方式。他说："首篇写的是Jean Baudrillard，《星期日生活》编辑黎佩芬来电：'听说你中意读他的东西，他昨天逝世了……'约稿时，她总是旁敲侧击，教你难以抗拒，可是对我来说，要在48小时内用2000字左右响应一个话题，无疑是一大难题，一大挑战。"也许，文化版编辑都听闻过这位"文化界北野武"常自编自导自演：管理报馆和杂志社、同时编几本文学杂志、写诗、写专栏、教书、整理文学史……于是索性约他撰文响应文化话题，这是《书到用时》的缘起。"开首十七八篇，'用'上了我读过的书，渐渐发觉手边的书不够用，要到图书馆搜集数据，还要在波士顿的家人帮忙寻书，把要用的一两个chapter扫描为图文件，传回来……"这张"知识地图"摊开了：文化话题有蝙蝠侠、大细契（《溏心风暴》）、龙剑飞（曹达华）、朱培庆；体育话题有奥运、英超、世界杯；经济话题有哈福德、贫穷经济学；文化人有Jean Baudrillard、巴伐洛堤、莱辛；政治人有昂山素季、贝娜齐尔、普京；社会话题有"十×K"tee事件、民间电台、双普选、内地雪灾、公共空间晒书、流感及其隐喻……这些话题使他无意间接触到"文化研究"。"我在岭大教文学创作，碰到一些陌生的脸孔——不是创作课的同学，感兴趣的只是文化研究的话题。"他觉得奇怪。有一次，一位女生向他问功课，不是文学功课，而是文化研究课题；还有学生向他查询研究民间电台的书单，询问他如何选择硕士论文的题目。"我这才知道，那边（文化研究）有同学看《书到用时》，喂大佬，这是文学创作课，他们可能误会了，我喜欢跟他们聊天，谈读书，但说到文化研究，只是半桶水，很业余……"然后招牌式仰天而笑,笑得像带了橡皮圈和树杈,躲起来射击路人而不被发现的孩子。也许,只有这种贪得意的顽皮态度,才让文章写得从容好看。

借时事说书　　借书说时事

他说那是一个学习过程:"用是借用,借用别人的话来表述、印证自己的看法,是很刺激,很痛快的。"朗天的博客几乎每周悼念一人,慨叹博客已成为"悼念中心"。叶辉也在"学习"如何悼念:"从前不想,也不必赶写悼文,要隔了些日子,让不安的情绪沉淀了,才考虑写不写。"纪念诗人顾城,写文章时已是"十年祭",纪念亡友李国威,是数年后《呼吸》做专辑约稿,他才提笔。"这样或可避免让感伤掩盖了真相。"最近,很多人写葬身书堆的罗志华,他也写了:"借用别人的书来写他,好像是书在说他,不光是我说他……"他发觉每周一篇的定期文章,有时效性,贴近时事是作者的责任:"文章定期在日报发表,本质上就是向公众'回应'。我便想,作者有没有可能用书的不同观点去回应?是否一定要塑造读书人形象和权威?书是前提还是背景?可否倒转过来,借时事的壳来说书呢?这种书写方式对我来说是新思维,效果只能呈现于读者反应。也许我这作者更像书和时事的中介者。到底是借时事说书还是借书说时事,或两者皆非,都交由读者判断。"这是否替坊间不知就里的阅读推广,展示了另类例子?他想了一会:"我不知道,我没法下结论,我只知道这过程其实很有趣,像探险,很新鲜。只有保持这份新鲜感才有动力让我写下去。"

街头教育与人生采访

他把话题扯到自己爱读的小说上,比如帕慕克(Orhan Pamuk)的《雪》、哈米德(Mohsin Hamid)

的《不情愿的原教旨主义者》、库雷西(Hanif Kureishi)的《我的耳朵在他的心里》、赫拉巴尔(Bohumil Hrabal)的《过于喧嚣的孤独》……这些小说为读者提供切入时事的角度,也借时事让故事复活,还有比这个更有趣的吗?

我提到读他写英超有些球员时,他特别雀跃:"正是!这就是拉丁美洲足球的'街头文化',当我阅读球赛和相关的书,总是想起自己在徙置区长大的日子。拉丁美洲街头文化拯救了许多边缘人生,球员也像作家,在街头受教育,从书本和体育运动体验人生,都是我的精神导师。"他出身于体育记者。有一次,他就从霍英东口中间接证实一个足球界传闻,成功追访一宗独家新闻。他说:"这样的书写经验也像追访,我称之为'人生采访'。"第一手经验,也是《书到用时》的元素。我问到他的缅甸旅游经验,他更得意:"语境是很重要的。我到过缅甸三次,几乎听懂他们的一些日常用语了,有次乘的士,听见司机谈起'姑姑','姑姑'前的发音好像是昂山素季;查证后,才知道当地人尊称昂山素季为姑姑!"他把这意外"发现"应用在谈论缅甸袈裟革命的文章,也算是"人生采访"吧。《书到用时》是否意味着"方恨少"?还是另有用意?他解释:"用"字有两层意义,一是"思维之用",非实际之用,而是从阅读过程中,发掘书籍背后的力量。"我在自己的读本中发现,受过西方民主教育的作者总是把民主与自由这些思维融入日常生活,不只是学以致用,而是将'思维之用'当做日常生活。"二是"每日用粮"。"读物就是精神食粮,让我们反省,没有什么是理所当然的,开放的心灵可改变惯性思维,认识多元化的世界。"跟叶辉谈到一些阅读现象,例如开书单,早在上世纪20年代,英伦小报就有此做法,梁遇春也已反对过。时至今日,单一化阅读指标的习惯犹在。他认为开书单不要紧,最重要的是不能单一化:"社会也许有此需要,可惜社会大众误解了书单,也没有多少空间能容纳不同于主流的书单。"一言堂的"阅读专家"有意无意也开了书单,是要表达不同于主流的异见?"我想,读者看的大概不是'叶辉在说什么',可能是'叶辉在引述什么'。我们不需要一言堂的'阅读专家',需要的反而是阅读过程中的思考,比如说,从观察和分析人类行为,重新发现被掩盖的社会真相——这是我读《卧底经济学》所获得的启发。"这会不会引来"误会",以为作者在摆"晒书"姿态?他瞪瞪眼:"如果这是读者反应,也没什么大不了,你不能只选择'你爱听'的读者反应。但我一定不是什么通才,如果你拿一本书问我:这本是什么书。我或者会答:我甚至连它是什么东西也不知道!"他说这世界有很多事情难以简化分类,只有通过阅读和思考,才可以避免强求简易的标准答案。

"当然要感谢态度开放的编辑,很多题目都是在电话中聊出来的,也有很大的自由度,遇上我响应不了的时事话题,可以自定题目,自由发挥。"若非如此,他未必能适应这种回应时事的方式:周四定题,周六截稿。"有时遇上大是大非的事件,我便想,不回应,可能等于回避,但如果没话找话去响应,那就不如另找有话要说的题目,不一定是回避。"叶辉在这个被"怪物"吃掉的日子,找到比起带玫瑰到作家墓前的仪式更具意义的回应方式。至于我城,几时再没回避的意欲,重读"世界阅读日"的历史,反思阅读究竟是什么。"怪物"仍然存在,作者与读者仍须努力。

大近视——香港文化蒙太奇

五月·诗人节

屈原的橘子

我常想象屈原坐在哪里起稿,书写工具外貌如何。书未到用时已恨少,读了一个学期《离骚》,就只记得多手翻过《抽思》的一句:"固切人之不媚兮,众果以我为患。"这句道出所有君子心声:耿直竟是罪。

维港险急。昨渡轮遇风浪,船身晃动如钟摆。诗人应不会在船上起稿:江流湍急时,遑论动笔,就连坐着也可能晕船;江上平静时,美景难道不能令他稍安?怪乎经年历代都无人过问,是否登岸后才写作。诗人如在船上写诗,原稿说不定残留呕吐物,拿来化验或可测出他的出生年月日,免去后人为这个与玩味作品无关的日期,花半生时间研究、考证。

起稿往往教人"思蹇产之不释兮,曼遭夜之方长"。百年后,王逸说:"忧不能眠,时难晓也。"许多年以后的午夜,我做了个决定,仍是无眠;像我们这类晚睡早起的人,常被午夜提醒愁苦的滋味。清人解诗不忘眉批:"愁人最苦长夜,方长,苦正无期。"无眠无期,唯有翻书念"问题诗人"的《天问》,或者《抽思》:"孰无施而有报兮,孰不实而有获?"

受伤诗人被迫迁徙,没有医生抢救,只有诗以舒解:"申旦以舒中情兮,志沉菀而莫达。"这是很无聊的回应。书信既无人认领,怎么还空掷出去?诗歌又一次伴我跨越清晨，无眠所以无梦。缘尽处，诗人庄严却深藏机关：美人伸出一双拒绝聆听的手，用最不尊重的手势，掩住耳朵。是我过于激越，还是它过于轻蔑？谁比较过分？

王逸所收的版本已历时百余年，他曾否误读屈原诗？今天所见的版本，又有多少未经修改？

大近视——香港文化蒙太奇

六月·《书城》复刊

给内地读者1/6个香港

——《书城》革新的来龙去脉

广受读者爱戴的《书城》文化月刊,数度停刊。2006年6月复刊后,即把张爱玲佚稿刊出,迅即争回大量国内外读者。一向以知识分子为读者对象的文化杂志,一年后吸纳网络销售的强人、曾摇动过整个上海书市的黄育海担任执行主编。编辑部此举足可列入当代出版大事年表一列。

广州《南方都市报》上月在"2007文化年鉴+权力榜"选出50人,黄育海排第19位——在赖声川之后,易中天之前,实力和财富指数均被打了三颗星。有此地位,事缘他有浙江文艺出版社和贝塔斯曼的工作经验后,又创办"九久读书人"网上书店,一年内创下惊人销量成绩,一改内地出版和图书销量的"惯性收视",夺取前公司超过五成的生意。如大家曾留意内地出版行情,不难发现黄以非常手段闻名天下。正当各"哈利"粉丝到书城排长龙、等付钞票向店员讨来《哈利·波特》第七部时,"九久"则早在10天前就以低价吸纳网上客户订单,"哈利"粉丝以更便宜的价钱,更快捷的途径购得书籍。假如早前香港商务印书馆提早开店作招徕也算所谓"偷步"的话,那么黄这招"扣留客户"则可谓老孙式大闹天宫。报载,上海书城生意因此大失预算;受访者更明言,这销售网点令他们的销售生意下跌两成以上。无他,毕竟大众与小众读者,还是会贪不同层次的优惠。

一本文化刊物,今天竟由这位"反派人物"一登主编之位,新仇旧恨纠结起来,难道不怕众书店因此反目拒卖?据他所述,《书城》现已增加发行量到四万册,恩仇看来没影响生意往来。既为刊物主脑人物,当然要在自己最在行的场域表演表演:哪有放过赚钱机会的书商?事实上,他早已掌握全国两成图书销售权,这本刊物由他做主,在文化形象与商业上可谓互惠互利。不久,他重施故伎,**在网上书店向读者发放每期独家首发优惠**,比实体书店更快买到新鲜《书城》,每期也先在网上卖万余册,即发行量的四分之一。每册售12元,每月营业额至少达12万元人民币。网络销售创下佳绩,《书城》印刷量由一万增至四万。对一份文化杂志来说,短期内加四倍印量,足教每一个文化人倒抽一口凉气。反观香港文化杂志对印刷量和发行量的知识匮乏,发行商又暂未瞄准正在急升的阅读人口,黄育海的视野与实战经验,可参考的着实不少。至于各书店与书城,当然不介意《书城》网络首发。对的,在销量面前,谁还谈论自由竞争所衍生的恩仇:倘若实体书店把销售数字公布,无疑又是一则极具效果的宣传。

香港读者向来有个理解,以为内地人口多,刊物定有销量保证。《书城》面对的纸价上扬、阅读人口饱和,以及同业竞争,上述"保证想象"自然是误解。早前采访的一位驻广州的电视新闻记者也曾提到当地平面媒体的一日千里,《南方都市报》的红火也造就不少文人(如诗人凌越)加盟周刊编辑队伍(该刊物同样邀请香港作家写书评,如黄茂林、邓小桦等)。《书城》有多位著名学术界红人为编辑顾问(如今次随黄育海访港的有陈子善教授),改革后成为"文化品格较高的大众文化刊物",自上海发行全国各地,稳站高销量位置,难怪黄育海在接受访问期间,有人替他点烟。

七月·书展

不如选个书展小姐

自70年代至今,香港有工展会鼓励我们消费,许多伟大商户提供特惠套装"汤包"、冷藏点心、特级蚝油……这么的一袋二袋贪尽大小便宜——"又一袋"(陈耀诚诗句)。香港在1990年举办书展时,就想出一个绝世好招:邀请应届港姐冠军袁咏仪和艺人萧芳芳,主办人也不讳言,为的是入场人数。素来重量不重质的香港书展,近年因为另有漫画节,少了一批正在放暑假、热爱漫画的青少年,会影响当局所关心的入场人数吗?可以想象,在一个可观数目包装的书展读者中,有多少浪费者当真是阅读发烧友。时至今日,书商更联合唱片公司,广邀明星来当作家,与当局的提高数字策略不谋而合。

里外不一书展特色

书展2006甫开场几小时,一位制作认真的唱作人著作,销量突破数千本,印刷厂连夜赶印,第二版随即送到,或比当局锐意推介的作家更畅销,甚或比唱片销量更佳。外头高挂"寻找二十一世纪人文情怀"主题,展馆里却是另一回事。当局除了巡逻有否违规书籍到底有没有观察其他现象实在无人能知,而放得最高的"主题",只有流行作家和明星肖像,想找找几位作家身影:小思、余华、虹影、苏伟贞等肖像海报并借机会推广推广嘛……销售活动与主题不配合,传媒又多追访"明星作家";主办当局就只会谈论数字。里外不一,竟成了香港书展特色。

"明星作家"这概念其实并不新鲜。内地早流行"明星作家",比如说17岁辍学、钟情钱钟书的作家韩寒,小说《三重门》一出版就卖光,印刷超过20次,共售出至少100万册。叛逆、反建制、文字根底好,一时成为国家青少年的新典范。之后,他当了赛车手,甚至排行全国第四名,加上长了一副教男生羡慕、女生仰慕的俊俏脸孔,早前更开腔唱歌,自此,读者买书又多一个原因,也因此成为"明星作家"了。台湾唱作歌手陈绮贞,也是"明星作家"。她从政治大学哲学系毕业,曾是滚石唱片的"少女标本"其中一员。2001年推出唱片、诗集和摄影集《不厌其烦》并夹有一张吉他伴奏的朗诵光盘,其中一首给妈妈的诗,自弹自念,温婉深刻。香港明星作家要达到哪个层次,还是只沦为纯印刷工具,无人敢有定论。

场地吞噬自己

除了相关部门打造的主题被边缘化,就连一个书展最基本的版权洽谈处也被边缘化。想象一下:有没有一个出版人有足够体力和耐性,挤进68万人出出入入的会场寻一个作家觅一本好书?本地作家马家辉就在一个电台节目中说过,进场才十分钟,就忍不住要离场。而"新书推介会"与"版权洽谈中心"属同一场地,置在一个场馆角落,讽刺的并非它置于边缘,也不是容许读者进场休息,而是新书推介会编排密密麻麻,场地自己吞噬自己,占了版权洽谈中心的空间,使后者形同虚设。至于新晋作家,相关部门特意添了"新晋作家廊",场租六天仅8800元,希望有更多人认识新晋作家。有人曾在这场地找到合适出版商洽谈版权吗?它设于第二号场馆最不起眼的边缘位置,市民就算在报上得知有这回事,免费索取书展地图,也不知道原来那条空巷就是"新晋作家廊"。

至于我们除了人推人的情景之外,还可看到什么呢?一进场大家便会看见一家出版社,积极推销"明星作家"最近著作。我亲眼看见一个店员,把一叠"推你"书,和另一叠"侦探"书,放在地上,然后当是个台阶,踩上去,高声向大家拍手叫卖"明星作家"新书。

可怜的并不是被踩的"推你侦探"小说,也不是连个"理"字亦写错了,而是那68万人次当中,有多少个为书展而来港的游客,或会先入为主,看见一个不知算是什么的书展文化。而我身为这个地方的居民,所感到焦虑和不安,又有多少人理会。

截稿前,相关部门又抛了个"通宵营业"的念头请大家讨论讨论。不如仿效工展会选"工展小姐",来年选个"书展小姐",再来年请她出书,由相关部门亲自打造一个"明星作家",再与内地出版社办一个版权洽售仪式,让大家知道香港书展文化是怎么一回事。

大近视——香港文化蒙太奇

九月·开课

文学入门认字头

这不是升学专辑、增值跳板或说道谈天。先假设：第一，如果大家相信世上真存在"文学入门法"并曾求索却不得要领；第二，如果大家不满建制（学业或工作）而欲寻找精神食粮。要我这种苦候多时仍站在文学门槛前不得其法急就章式总结书单并向大家展示的小小读书成绩表自是尴尬，庆幸曾有三四五六七字头纷纷为嗜读嗜写

的新生代提供多元创作空间。

一如坎贝尔（Joseph Campbell）所述"历险的召唤"：了解、接受并克服自己命运的人，通过"召唤、启程、启蒙和回归"后有所体悟与成长。这说法恰如叶辉所言："我们有过殊途同归的寻索、迷路、再出发、再认识的前半生。"作家自"文艺逃生门"遁走，并非指劫后余生式的犹有余悸，而是坎贝尔式的"回归"：精神电池饱满，终在建制内与外，做到自己想做的事，继而影响建制，开创新路。

先读人再读作品

这年头，几字头、几年班看似人才辈出，人人都会高谈本土意识；流行提早怀念刚过的年代，可是新生代（包括笔者）其实准备好了没有？若我们想在文学门槛前看清一点，不妨认识几位长期参与文学创作和研究的本土当代诗人："40年前后文化气候下的

香港社会,我一直活在其中,一次接一次窒息过,可喜还未断气。"(昆南语)他们就在一个"窒息"社会中出走。

今天,他们归纳所得,更有回归建制,参与教育工作,为新生代建构更完善的文艺入口。要"文学入门",不妨先用他们的"字头"入手,尝试从他们少年时代自建制中出走的经历读起:先读人,再读作品,知人论世,寻找我们的文学楷模。

三字头昆南

昆南自香港华仁书院毕业后投身报界。先在1955年与王无邪、叶维廉、卢因创办《诗朵》:"当年还记得自己跑发行,我骑着自行车前往报贩发《诗朵》的,只有我一个人做……"读者可以想象作者如何骑着单车穿梭40、50年代北角街头,身体力行。其后创办文艺杂志《新思潮》(1960)和《好望角》(1962),更自资出版小说《地的门》。热血一度堵塞二十载,近年再度活跃,创办《诗潮》,泛起"多媒体诗歌朗诵"热潮,自此粉丝处处,休退不得,欲罢不能:再版《地的门》、新写《天堂舞哉足下》后,将有"三世诗"回归。

岁月一鸿爪
关键词:对话

词义:跨世代、文本互涉、忆述

读过《窗口》的不同"字头",都可能觉得还不够。作者就打了个时间比喻:"底片早就不知去向,留下来,不外是岁月鸿爪之一罢了",却仿佛隐示那不过是作者的一鳞半爪。而这个"鸿爪之一",甫出版便获得香港中文文学双年奖奖项。昔日文艺开拓者,今天不但成为学者研究、搜集和剪贴的对象,更从原材料中跳出来。

作者开宗明义说这"不算是什么所谓学术性评论",而《窗口》的确不止文学点评,还重现一批原载于60年代《新思潮》、《香港时报》的珍贵文本,更叙述不少作者与前行者的相识过程,文学评说与口述历史兼而有之。

许多前行者都忽然从《窗口》复活过来,如《人人文学》主编力匡如何删改少年昆南的作品、作者如何因投稿而认识前行者、组织文友办文学杂志的对谈……凡此种种,都在《窗口》与作者的记忆"共生"。作者既"从读者的身份去阅读,也从作者的身份去融会"。大家该庆幸自己有机会亲睹作者愿意"打开文论的视窗",自文学的床底寻回拼图遗失的一小块以补充填空。

《打开文论的窗口》
作者:昆南
出版社:文星／香港

四字尾关梦南

关梦南自学院出走后当夜校教师,其后投身报界。在星岛《文艺气象》、《阳光校园》发掘提携不少新人,播下文学种子。当年的"失学青年",今天为教统局主持高中中国文学中学教师培训班,正式回归大建制,介绍他这么多年所积累的、自己创建的系统。70年代创办的《秋萤》休而复生,"经历了油印、铅印、柯色印刷三个阶段",至今生生不灭,"始于手工,终于手工"。关梦南在2005年,更与叶辉合编《香港文学新诗资料汇集(1922—2000)》,为这种本地早见起步点的文学体裁,整理近一世纪的新诗资料。

香港新诗教科书
关键词:根植

词义:本土／南来、参照、脉络

主编搜集香港自20年代至

千禧年所发刊的文艺作品,依年代编撰作者小传共384条,依创刊年份编选刊物共141种,数据包括期刊、诗刊、周刊和报章文艺副刊,附珍贵的创刊书影、出版资料(包括出版日期、期数、编辑、开本)、内容简介、作者名单和相关评论等,还整理共918本诗集、选集、评论集、得奖文集、史料集等。主编邀了昆南、小思、黄仲鸣和陈国球担任编辑顾问,绝对可以是认识香港新诗的标准教科书,也可以是香港文学入门的参考书。

《香港文学新诗资料汇集
（1922—2000）》
编者:关梦南、叶辉
出版社:风雅/香港

五字头叶辉

叶辉少年时代升读学院后,发现与讲师合不来,便偕友出走,投身报界,业余一直从事文学创作、编辑文学杂志,最近竟被人称作"文坛柏高(经理人)",也成为当今许多大学纷纷招手的对象。80年代应理工学院的邀请,主持一学期的文学课程,正式回归建制,影响建制,并促使他加快研究本土早年文学的发展史。他在油塘与北角之间摆渡、在波士顿与香港之间客机穿梭,积累了一种独特的文思。散文家、诗人、批评家、学者、美食家……多重书写身份的他,听说每天只睡两小时。许多报章上与诗相关的版面,他都参与组稿;最近更为报章开辟本地消失已久的文艺版,着手打造一个属于大家的"新诗地图私绘本"。

本土诗地图
关键词:重温

词义:私我与公共、坐标、追忆、爬梳

作者在新纸上绘画旧地图,

把自己大量阅读原材料的铅字，小心翼翼地自手写板上输入计算机，付印成书，拓阔我辈纵向的文学眼界，引领我辈重新认识新诗面貌。作者认为，香港新诗历史可自1924年起计算；纷纷"往来本港与内地之间"的诗人，"对随人而来、随人而去的文化思潮，亦抱相当宽容的态度"，相信就是《私绘本》所表现的本土意识其中一个重点了。作者剪出"解放的时代"（指20年代，书中引朱自清语）李金发"不可勾留的片刻"，牵引"向那一处走去"的王独清，还有穆木天、冯乃超……一个又一个看来陌生的名字，作者述说一个又一个"前行代诗人"的逸事，更有神秘失踪的诗人秘史。再读读也斯与作者亲密会谈，更会发现更多地图以外的文艺风景。

《新诗地图私绘本》
作者：叶辉
出版社：天地／香港

六字尾陈智德

陈智德是年轻学者，又是Beyond、AMK摇滚乐迷，更是从会考制度游出建制而光荣回归的学院博士级讲师。曾执教岭南大学"中国现当代文学"课程，放眼环顾本土香港新诗历史。才第一课，就教你读穆旦、施蛰存、李金发……如数家珍，时而激昂握拳，时而认真思索。文学史料一到他手，即如变魔术般，瞩目且吸引人。他立足于90年代，创办《呼吸》诗刊。这么一个诗人、讲师、学者，自有一种隐然不张的风度。

十年书话
关键词：重写

词义：重整、修正、重新建构

作者用"书话"漫谈形式，写出文学奖现象、作家轶事、书籍评论、新诗阅读方法、文学活动随想,甚至连儿童文学也见涉猎。作者一直持以恭谨态度看待文学研究;书中并无重写的野心,在我看来却是一次承先启后的书写形式——摆脱了本土部分作家"文学/非文学"的观念,重构并示范钻研当代文学的向度。作者在1996至2006年间的作品,正值这么一个多变年代,使这辑历时10年的文化观察和文学思潮,加上作者另辟蹊径的学习历程,有了一种更新的、紧贴时代的语境。

《愔斋书话》
作者:陈智德
出版社:麦穗/香港

后语

几位生于不同年代的作者的文学大门,看看他们如何因文学而相互牵系,在书架上无声地细语从前。或可借关梦南早在26年前《秋萤》创刊号所写的作结语:"我们不敢说秋萤诗社会培育出什么花和果,我们所希望的是它能不断发展,有愈来愈多的朋友参加,不过,纵然是由头到尾都是三个人的话,我们亦不会怨恨没有掌声,我们会忍受。"瞧,他们的"21克"就是这么沉重,却又因这重量而径自走出自己的文学路,一边创作,一边研读,不无承先启后的意识。得见眼前这个或许没有掌声的文学世界,你还有走进来的勇气吗?

十月·国庆

爱国阅读

成龙（反智地）曰："每个国民都会唱国歌。"观乎红馆国际排球邀请赛，席上多少本地球迷随我国球员一起唱？在红馆唱侧田作品者，"若谈样子不会叫好不算最讨好——"一直唱下去的，则有粉丝唱破喉咙，誓要偶像听见自己混在万人合唱声中无可辨认的歌音。片名有云：纯爱中毒。纯爱硬宣传，谁敢说可以唤起爱国意识？疾呼爱国，多是国难当前；太平盛世，爱国，有更文明的表现——阅读。

精致铁路史

曾幻想有一条铁路直通东欧，日后可从香港坐火车游世界，也想过如果弥敦道兴建电车运输，在马路上埋设几行并行线，搭配已敲定图则的旺角天空之城，多美。北京最近有本铁路历史书，竟可攻入畅销书榜、名次仅排在易中天品三国书之后的，大可理解为出版界成功在青藏铁路以外，向民众开出一班理解铁路历史的列车。

要是大家都有历史文字高山症，这本图文书或无意中对准了本地人口味："有趣的而不是让人视觉疲劳的，人性的、情感化的而非无趣刻板的（文字）……"作者赵妮娜捕捉了内地读者阅读品位新趋势，从女性角度欣赏火车自是罕见，铁路这个自洋务运动开始的民族工业美态展现,中国交通历史知识如何融会在行文中,更令人过眼难忘。

报章上尽是青藏铁路对文化、政治和生态的影响,鲜有回顾交通史的信息流通。铁路,才是主角。铁路于百姓之用,我们大可看些纪录片段,得见内地乘客如何从窗户挤进火车:"现实生活中,中国工业最多的现状仍是普通的百姓生活,精致几乎与他们无缘,实用才是第一和最终的目的。"书中的精致,火车的集体记忆,今天大概已重新回到地面,慢慢地驶往国民的书架上。

《车厂魅影》
作者:赵妮娜
出版:生活·读书·新知三联书店/北京

校长也坐牢?

本地明星级补习学校声称会考无难度或非虚言,明星导师跳槽更掀动过百万元索赔官司。北望神州,其实也有不少明星级私校。阅读人祸,比天灾和历史有更多适时反省的机会。报告文学我们经常停在钱钢面前:唐山大地震、大清学生留学……早几年,则已流行"调查报告"。张立勤,南京师范大学新闻学硕士,这么一个曾跑教育新闻的记者,所写的就是内地教育课题,关于教育官与私校校长、老师角力。他们不止闹上法庭,还把校长拉去坐牢,每一宗都很罗生门,听起来十分疯狂。看过作者所述,则会发现,在内地办私校("民办学校")的教育工作者,不但视野远大,还果真是办"良心工业"的。

校长被关在牢狱,其中一条罪状,就是他擅自动用学校资源。据作者采访得知,他是为接济一位刚被大火毁了家园的老师,事后每月扣除老师的薪金归还……手法恰当否,见仁见智。就算校长因此过了火,明明是私校,怎么由公安厅来人查办？全因《民办教育促进法》。如想在内地办"希望工程"者，又或是本地明星级私校校长，不妨读读这个案例。

《中国民办教育生存报告》
作者：张立勤
出版：中国社会科学出版社／北京

眼睛在说话

内地艺术工作者，成名后常在传媒曝光。明星作家郭敬明和"超女"竟可传出绯闻，在报章报道闹上三天，半裸照片曝光也引来网民食指大动，点击率高，还被批评为"不检点"。在肖全的镜头和笔杆下，艺术工作者不再媚俗如报章和网络中的形象。

认识内地作家、艺术家，的确可先从外貌开始。这说法若换了个寻常镜头，又或 snap shot 随意拍，当然不稳当。肖全这个人物则有保证。所拍所写作家包括北岛、余华、苏童、韩少功、王安忆、张承志、贾平凹、王朔、欧阳江河、西川……当中更有顾城与谢烨合照！

黑白照和文章全以粉纸印制，作家的脸因此随着阅读时手掌的摆动，照出明暗不定的容貌。没有背景堂皇的影楼，只有寻常居室和街道；没有装模作样的姿态，只有默默看着镜头的眼睛，像在跟你说些文章以外的话语。"作者生动的描述使得他们不再是'名人'，而是恢复到除了其名字被广为传播之外，没有更多与众不同的生活，像真实里的普通人。"（陈侗）我们认识的不是一个明星，而是一个人——专事一门手艺的人。除了作家，当然还有摄影师、平面设计师、画家、音乐家……为人熟悉者有谭盾、陈凯歌、张艺谋……

《我们这一代》
作者：肖全
出版：花城／广州

流行语风景

用口语还是用书面语写作,一向是语文教育课题。内地也有许多老师,因学生"写话"(用普通话口语写作)问题而讨论了不知多少遍。认识内地流通的语言,不单是教育课题,更是我们(多少都因经济而)往北张望的基本条件。文汇新民联合报业集团新闻信息中心出版此书,有姿势有实际。他们善用报馆数据库,"引进TRS词频统计分析软件",把当年最常出现的流行语,根据首都和个别省份的报章作底本,分为口语和书面语两大类,前者多取自"广播、电视是音频语言载体"。流行语涵盖多个范畴,包括时政、财经、交通、教育、旅游、体育、科技、网络通讯、演艺等。

2005年,他们选出2004年度十大流行语,以流通度、人名(亮晶晶、郭敬明、梅艳芳等)、时政类(行政许可、三农、十六届四中全会等)、国际类(联合国改革、中国—东盟自由贸易区等)、财经类(加强和改善宏观调控、循环经济、李金华)等。听说,新闻信息中心更会推出新中国成立以降的流行语报告,学习国家流行语,将会是本地人的必修课。

《中国流行语2005》
编者:文汇新民联合报业集团新闻信息中心
出版:文汇/上海

十一月·文学研讨

花猫文学相濡以墨

"记认作家的方法"研讨会,近百名读者出席。与会者主张作家之间与其相濡以"沫",不如相濡以"墨",哪怕互相成为"花猫";展开批评,有利于香港文学发展。香港文化界活跃分子,包括文学研究者、评论者和作家,当晚都露面,与读者现场互动,细说世代脉络,也谈文学出版的难度与维度、报章副刊和文艺版盛衰史、文艺笔战……

会上,嘉宾、作家和编辑许迪锵说:"有位作家写道,许多香港文学作品被拍成电影,可能是因为作家和传媒人相濡以墨。"本是相濡以沫,如果是作家运用匠心,"墨"字其实未必用得好:"本义解作两尾鱼互吐口沫维持生命。互相吐墨的话,就会变作'花猫'……"

许迪锵以此比喻作家与评论者的关系:"他们要么相濡以沫,犹如我朋友戏称某些作家组织为society of mutual appreciate,译作'互相欣赏协会'吧。(笑)这协会会员相当多,不过我相信在座各位,应未有资格入会,或被踢出协会吧……要么相濡以墨,互相批评。我想,相濡以墨是重要的。"

主讲嘉宾小思(卢玮銮)多年致力于香港文学研究及教育工作,连结文学脉络的纵向与横向,面向学院也面向民间。当晚她首先发言:"我是读者,也是老师。我从来没写过文学评论。"

小思一直关心文学评论的出版状况,认为读者需要这一类书。她发现,好些文学评论书往往被市场拒之门外,理由就是文学评论没有"市场"(不好销)。但这种拒绝也并非说明出版社不重视学者。而小思构想推出的"文学散步",恰是文学教育历来最具启发和创意,让文学融入生活,旧作也修订再版。这说明:书籍在"市场"中的生命力需要更大的环境方可延续。

另一主讲嘉宾叶辉曾于70年代办报,编过大量报章杂志和丛书。他曾目睹出版业的不景气:"今天,书籍生命愈来愈短。新书出版后第一周,平放在书店的书架上。第二周,为了节省空间,或让位'有市场'的书。第三周,退书。第四周,书不好销,囤积在货仓里。"如何处理?叶辉举起手,作出刀劈的姿态:切纸,把书交给废料回收站循环再生。"书生书灭"说法当然充满戏剧效果。小思也回应说,香港的确患了一种病——"视书为纯商品"的视力疾病。市场与书仿佛不具备"质"的准则,具备素质的书籍往往难以有合理"回报"。可是,要文化书面向市场也受过批评:文化工房推出的口袋书《书到用时》至今已再版,并入选中学生好书"龙虎榜",却被有些学者视为"迎合大众"之举。对于锐意贴近更多读者、雅俗共赏的作品,小思提出一种可能:"学者其实也可调整内容与形式,让作品得以出版,让更多的人接受?"

难道,学者的精神活动真的难以跟出版界接轨?嘉宾、作家昆南40多年前已出版个人作品,当年正是以自主出版形式,骑自行车穿梭北角街头报摊与小书店;两个月后再骑单车前往,并非再次派书,而是"收数",好不"江湖",但却奏效。昆南创作和出版的经验向来是文学界的指路灯。昆南在会上称赞诗人洛枫说："这年代像洛枫那样对文学坚持的人，甚少。"在出版风格上，二人其实也有相似之处。洛枫也采取自主出版的形式，用写张国荣评论集的收入，补贴"没有市场"的作品的印刷费。

嘉宾、作家董启章也对这种形式甚感认同："既然大众传媒和某些出版社未能提供文学评论发表空间，我们可以不依赖这些，像文化工房这类可供自主出版的出版社，又善用网上资源推广……许多年轻人也爱上网看书，他们看到宣传后，或会到书店找这本书。这将会是很有潜力的传播途径。"由出版社负责编辑费和宣传费，作家可自行决定内容，尤其文学评论，免除被删改的命运是很重要的。"那时（90年代）传媒有空间，供我们写评论，最常写的是书评。"董启章回忆当年杂志与报章定期约稿，让作者有稳定空间，在评论中可自由表达个人好恶。他有一整年都从事评论写作，有时甚至因一篇书评与作家打笔仗！

今天，在座常打笔仗的，相信只有汤祯兆，但战场不在香港，而在内地。早前，汤祯兆在内地报章与导演彭浩翔笔仗数周，非常"过瘾"。汤自称是"文学逃兵"，现专攻文化研究及旅游题材。汤祯兆认为，香港作家要面向内地，感受竞争："跟他们比较，我们才有进步。"于香港作家来说，他的建议甚有价值。除了董启章和汤祯兆，可称为80、90年代作家的，还有主讲嘉宾陈智德。近年，他在《明报》连载《香港文学小辞典》备受关注，在文中分享不少文学研究的成果。他认为大家不必视"文学评论"为沉闷的东西，重新界定"评论"是什么，它的技术基础是什么，"换个角度看，我们日常所接触的节目，都有评述角色，有的说得动听，有的说得沉闷。"如何让人觉得文学评论有效用、具体,是他所关心的。文学评论的意义就在于发掘评论者的独特观点:"有些看法,甚至连作者自己也不曾清楚——原来可以那么解读自己的作品。这种评论便好看了。"诗人王良和的发言印证了这样一种观点:"有时,评论家看过作品后所发表的意见,可能是作者也想不到的。洛枫评及我诗中常有'中心'一词。"

王良和因此再读自己的作品,才发现的确如此,一直不自觉地运用余光中、里尔克、罗丹等作为诗的养分。

诗人饮江举60年代的例子,坦承面对评论的恐惧心态:"有些(作品)你喜欢被提及,有些(作品)不希望被提及。我记得当年有个人经常评诗,好些诗人都想'如被他提到,便糟糕了!'。"这则有趣的心理描述,说明作者对文学评论家的素质要求,也反证他们价值的所在。饮江记得洛枫曾提到他的诗有俗套成分,风趣地说:"可能通俗就是我的本质,也不可知……洛枫善意地为我的诗'自圆其说'。"

年轻作家游静跟与会者分享90年代发表和出版的经验:"当年许迪锵在星岛任总编辑,打来电话约稿。我写那专栏写了一段时间,便结集成《裙拉裤甩》。"她在这次作家聚会的活动宣传海报上的作者照片,是一只猫。"没错,那只猫现在是书的主人了,"她指向布景板上的"猫样"说,"我所有卖剩的书,都放在猫的房间。它常睡在书堆里,把书翻得乱七八糟。书是它重要的练爪工具……"她这么形容自己的"藏书",不无感慨。据知,她的作品在90年代甚讨人喜欢,只是发行与销量上出了问题。她提到的许迪锵,也是嘉宾作家之一。他与朋友在80年代合办素叶出版社,一直为文学默默工作。已休刊的《素叶文学》早年曾提供文学评论园地。难得的是响应的读者不乏年轻人。有中学生谓:"我觉得不用（以内容和形式）迁就我们。我们是想读的,哪管你们写什么,我想读,就会读了。"自称路过的工程师说:"怎么你们说得这么惨?我也出版了工程书,相信不比你们卖得多呢！但我很快乐,能以这形式结识国内和国外同行朋友。"

叶辉当场回应说:"惨?惨,你觉得惨就好了。这是我们的市场策略。"引来哄堂大笑。其实,大家只谈谈现实处境,自己倒不觉得是惨。如真有其事,读者其实可以改变这状况的:购买高素质的书。

圣诞节·旅行

关起门来
去旅行

每逢圣诞佳节，我必重读何福仁《书面旅游》，在旅游旺季凝神静观文字导游风光，重新认识没受消费气氛污染的山水痕迹，不无慨叹机票和民宿等高昂费用老是欺负余等穷棍。浪荡本是年轻人专利嘛，一年一度书面旅游，幸有众作家令假期不致过于苍白。2007年，我为圣诞添了两本"旅游书"，打算列入我旅游旺季重读经典书单之内，是为穷者精神自由行之指定读本。

借《命名日本》侧读台湾

一般读者以为台湾吸纳日本语较香港有活力，不消多说，单看西门町杂志疯店八折出售日本空运的流行、时装、设计等杂志便可猜想一二。然而，当《命名日本》跨境抵步，竟令当地读者惊叹台湾渺小，更有人写网志长文，用此书侧击追打台湾本土的日本文化观察随笔"过于肤浅，流于草率"。台湾读者Zen用书中"落水狗美学"为例，"发现在台湾似乎明显被误读"，怎不教读者追读下去？

再读此书以台湾为例的地域、百货公司等命名观测，如台中市"小欧洲"（精明一街）、台北101附近的新光三越，借台湾的命名，侧读日本市郊百货公司由地标与发展的象征意义，延伸为公共空间的互用并存(祭典),甚至维持了"以家庭为中心的生活消费模式基础",相比于台湾在合资后的命名游戏,百货公司作为城市化的牵头功能,失败的例子或许陆续出现,也正好与上文所指的"台湾误读"作个小呼应。

如不明白幽默大师阵内智则作品中有讲广东话、模仿成龙电影的片段,此书也提供了解答:"港日的流行文化互动,其实不如一般人所想象的一边倒,而且彼此都有利用对方的流行文化材料,来丰富自己的工业内涵。"东京台场彩虹桥前甚至有被命名为"小香港"的商场!

借《灰挡》空想环岛游

香港作家的书在台湾出版,继而以台币定价反攻香港,读者或许司空见惯;香港漫画家与台湾作家交换笔迹,则较为罕见。《灰挡》与《大骑劫》(江康泉、智海)几近同步出版,《艺讯》12月号更以此书漫画部分作封面。恰好"喝咤"智海漫画十年展始在月内展出。

此书漫画占大部分篇幅,内容灵感来自台湾诗人、剧作家鸿鸿短篇小说《木马》。如我这等书面旅游人士,乍看文本主角正在旅程中途,已足够想象:环岛铁路的无始无终、被植入大部分城市设施(银行除外)的车厢、车厢内转瞬即逝的爱情幻境……而智海则以"没人写信给上校"式的开首"主角在码头仿佛等待着什么,忽见一艘船泊岸,涌出一抹人群,海边忽而转为车厢场景,人群窜进车厢内",呼应文本"为什么会搭上这班火车,我不知道"的不知所以。

智海获多个城市的漫画家认同,更被瑞士琉森Fumetto漫画节顾问Christian Gasser形容为诗人。此书是他首次在台湾出版的作品。事缘2006年9月初,鸿鸿到港宣传诗集《土制炸弹》，我就亲眼见证二人握手的情景。想不到，他们的手这么一握，就爆出一本好书来，可见书腰所写"连手构筑魔幻写实"的贴切程度。九龙、新界青年穷者，大可步行到尖沙咀天星乘船过海，到湾仔看看智海，当做圣诞旅行。

《命名日本》
作者：汤祯兆
出版：天窗／香港

《灰掐》
作者：智海（漫画）鸿鸿（小说）
出版：黑眼睛文他／台北

除夕·归档

出版备忘

2008年年终,我们活在统计调查计算风潮中,乍看年结式大事回顾秩序井然,往往详近略远,年初备忘的统统也真准备遗忘。世界纷乱,回眸是笑是哭,谁道冷暖真自知。自从生活与写作这活动难以分割,出版这回事就成了我的阿拉丁:写好文章,投文学杂志、文学奖;写好故事,投稿出版社。擦亮自己的灯,发现那个所谓成为作家的梦想近了,便继续提灯摸路,摸至而立之年,忽然想为自己的偶像出书,于是有了文化工房,有了《书到用时》(下称《书》)和《全身文化人》(下称《全》)。我的叙述,就详远略近吧。

人命填写　方值关注?

著名书店人、出版人罗志华在 2008 年农历新年间辞世。青文丛书主编叶辉为他联络家人,与马家辉筹备治丧委员会。文化产业四字挂起来为什么总是如此沉重,与死亡总是这么靠近?"许多时候,我问我自己,为什么要保存这些在遥远未来才可能对我有些许帮助的书?"叶辉在《书》中引录阿根廷作家在《纸房子》中的一段独白。传奇故事为什么总是以人命填写才值得关注?事件发生后,报章与杂志均以大篇幅报道,内地传媒至今仍断续提起。文化产业，原来也有它的流行时效。

《书》原定于2月出版，因这事延期。我为叶辉整理排版稿件时，又读到："许多时候，要从一本书中解脱，远比获得一本书还要难。人和书被一种需要和遗忘的协商相互依附，书好像我们生命中永不复返的某一片刻的见证人……"它来自远方的小说，所述的竟是我们身边的事。异国小说和他人之死在我身前绕了一圈，在我这出版之路的开端，设了让我犹豫起来的栏杆。

脑子里有两部作品长驻：汤祯兆《变色》（一本，1991）和叶辉《浮城后记》（青文，1997），都在青文书屋寻得。《变色》以蓝色单色印刷，设计独特；《浮城后记》则由李家升制作，内文由罗志华排版。书店与书，也成为我的出版想象图。3月，《全》就以《变色》的蓝为主色，并加上红色，双色印刷，两色混合，便成了紫色。这款紫色甚迷人，快速翻着书页，页上的字会成了湛蓝色。同月，《书》以学者、作家、球员、演员等的脸孔引入，邀陈灏堂把他们以红色描绘，绘成我们平日难以想象的学者和作家的脸。文化产业的死亡意象，就从这些点子渐渐消减，也让我的想象版图更辽阔。文化产业，从来没有真相；或说它总会纠结在代际情怀的复杂情绪中，各有关注范畴、修行轨迹和升华向度。

"名人崇拜症"的"病例"

从吕大乐代际论的议论纷纷，到"文化圈潜规则"（林沛理，2008年11月23日）的一人喧哗，幕幕人文风景，让我们见识的不仅是视野和判断力，还有文化场域的包容力：后者所列有关"名人崇拜症"的"病例"、鸡零狗碎的编辑方式等，从出版角度看，没有一本不成功的著作，没有名人介绍或权威媒体推介；从鸡蛋和鸡的道理看，遇上成功的著作，受邀请者没有不写的理由吧。4月，我就试以"回应'世界阅读日'"作推广策略，邀来文化名人为作者推介作品。5月，文化工房和知出版合办汤祯兆新书推广活动，同时推介两本书，对许多作者和出版社来说，此举匪夷所思，然而，文化产业从来也是个供应信息与链接同好的平台产业，只有良性竞争，各单位才有生产佳品的条件。这正是我一直投稿文学奖所面对的得失参照：如当年参赛失败，看见别的佳作，自然知道自己的水平够与不够。出版亦如是。

我得承认，出版二书也来自我那单纯的代际情怀：叶辉和汤祯兆是我偶像。自书面敬仰到书面生产，长达十年的想象——观感（用纸、尺寸、厚薄）、系列名目、推广策略……十年后的今天，一切都不只是想象。有学者评这是妥协的结果："严肃读物轻装上阵，《书到用时》被压缩再压缩，成为一本近正方的小巧袋装书，并被赋予了'掌可握'的潮流内涵——要知道，真正的爱书人是不会舍得将心爱的书塞在口袋里的，'掌可握'虽然便捷，但又如何可以体会到那种手不释卷的充实与满足感呢？"（严飞，2008年11月23日）可是，书小省纸，多印不会浪费，成本都可分摊在纸质和设计的追求上，书的流传力更大，这一点的考虑，并非学者可补充的。

如何把小圈子拓阔为大圈子？

《书》入选书榜并再印刷发行、《全》受内地传媒注意并正洽谈内地版，7月，出版了洛枫新书《请勿超越黄线——香港文学的年代记认》，并在尖沙咀美丽华商务印书馆办了一场有关文学评论的对谈会，11位作家、学者同场交流，竟吸引近百名读者参与，后续有支持媒体报道。有人说,这场聚会或者连"香港书展"和"香港文学节"也难促成。

再看《文化现场》批评的"小圈子"现象,更见这类活动的需求其实不小。如何把所谓的小圈子拓阔为大圈子,不正是文化工房正在做的吗?把书籍设计调整为较易让大众接受,将年轻活泼的成分注入文化书籍中。然而,在拓展的过程中,却又受人批评靠向大圈子。往外走被评价靠向"伪文艺青年",往内走被评价为"小圈子"活动,难道文化产业就此不进不退,原地踏步?文化产业向来极需公关能力作基础,说到底,读者愿意接受怎样的文化,就有怎样的文化产业。如放弃以贴近读者的出版形式拓阔读者群,在吃力不讨好的事业上,前人的努力和今人的热情,将在一片喧闹声中消失无踪。年终自远数近,文化工房作品的书评陆续刊在各报章,至今仍未见停势。这就是出版所需的流传力。他朝我肉身死去,唯有他人之书,一点一点地盛载我的心意,不需别人认识这个我,只需享受这个我所提供的阅读环境,或曰文化风景。是为我的年终备忘。